目次

遠国《おんごく》御用——本丸 目付部屋 4

第一話　厄介《やっかい》

一

初夏のごく早朝、まだ暗い暁《ぎょう》七ツ（午前四時頃）頃のことである。

家禄七千石もの堂々たる大身《たいしん》の旗本家で、兄が弟に白刃を抜いて斬りつけるという、名家らしからぬ惨事が起こった。

斬ったのは二十五歳の長男・三枝文一郎《さえぐさぶんいちろう》という者で、兄に斬られて生死の境をさまよっている弟は、三枝家では三男にあたる十八歳の庫《くら》之丞《のじょう》という者である。

二人が起こした刃傷《にんじょう》沙汰については、その日のうちに三枝家の用人が若年寄である小出信濃守《こいでしなののかみ》英持《ふさよし》の上屋敷を訪ねてきて、事態のあらましについて報告していったという。

「何でも、斬られた『庫之丞』と申す三男は、明日をも知れぬほどの容態《ようだい》であるそうでな……」

そう言って、いかにも困ったようにため息をついたのは、小出信濃守本人である。

その信濃守と二人きり、相対で話しているのは、目付方の筆頭・妹尾十左衛門久継《せのおじゅうざえもんひさつぐ》で、今、十左衛門は信濃守に呼び出され、若年寄方の下部屋《したべや》を訪ねてきたところであった。

下部屋というのは、城内に長時間勤務する者たちがそれぞれに着替えや休憩に使う、持ち部屋のようなものである。普通は一つの役方に対して、一部屋か二部屋もらえるのがせいぜいなのだが、老中方と若年寄方には一人に一部屋ずつ、個室のように下部屋があった。

その信濃守の下部屋で、今、二人は余人を入れず、話しているのである。

「して、刃傷に及んだ原因《もと》については、何ぞ申しておりましたので?」

十左衛門が訊《たず》ねると、信濃守は首を横に振った。

「いや。報せにまいった用人の話では、三枝家《あちら》でも、仔細はいっこう判らぬらしい」

三枝家には二十五歳の長男・文一郎を総領に、次男である二十三歳の庄次郎《しょうじろう》、二十一歳の長女・奈江《なえ》、十八歳の三男・庫之丞と、四人の子女がいるという。

その四人の父親で、今年で四十八歳になるという三枝家の当主・三枝善右衛門常定《ぜんえもんつねさだ》は、『寄合《よりあい》』席の旗本であった。

寄合というのは、家禄三千石以上の無役の旗本のことである。その寄合席のなかでも、三枝家は古来譜代《ふだい》の名家であり、始祖の頃より家禄も変わらず七千石をいただいているため、幕臣旗本のなかでは「ごく裕福な家の一つ」といえた。

そんな家計事情の潤沢さもあって、三枝家は昔から名家の幕臣の一家として、折々、幕府と大名家との間に立って「繋《つな》ぎ役」を務めていた。

たとえば婚姻や養子取りなど、大名家が他家との縁組を望む場合には、幕府に承認してもらえるよう願書を出さねばならず、その際には必ず誰か懇意の旗本を頼んで、「幕府との繋ぎ」を務めてもらうことになっているのだ。

若年寄の小出信濃守にとっても、三枝家は昔から代々何かと「繋ぎ」を頼んでいる旗本家で、そんな両家の関係性もあって、三枝家では今回の刃傷沙汰について、直《じか》に小出家の上屋敷に報せに来たようだった。

「四人のうちの次男と娘は、すでに他家への縁《えにし》を得て、嫁や養子に出ておるらしい。必定《ひつじょう》、三枝の家に残っているのは、こたび刃傷沙汰を起こした長男と三男のみということだ」

「なれば『家督を継ぐ者』と『継げぬ者』とで、何ぞ確執でもあったのでございましょうか？」

「うむ。存外そうした因縁があるゆえ、長男の文一郎という者《の》も仔細を語らんのやもしれぬな」

刃傷に及んだ理由ついて、文一郎は、用人はおろか当主である父親や母親に訊《き》かれても、「ただのつまらぬ兄弟喧嘩にございます」と繰り返すばかりで、それ以上の仔細ついては、いっさい何も話そうとはしないらしい。

なにせ事件があったのは、まだ夜の明けぬ前、七ツ刻（午前四時頃）である。

当主が無役である三枝家では、城勤めのある武家とは違い、とてつもなく早く起き出して朝の支度を整える必要もないため、その時刻に起きていたのは女中や中間《ちゅうげん》のごく一部で、文一郎と庫之丞の諍《いさか》いについては誰も目撃者がいないということだった。

「して、その斬られた三男と申しますのは、どこで倒れておりましたので？」

十左衛門が訊ねると、小出信濃守は、少し困った顔になった。

「それが、どうもいま一つよう判らんのだが、屋敷の廊下のごときところで斬られたらしい」

「え？　屋敷のなかでございますか？」

「うむ。斬った当人の長男というのが、刃傷の後、自ら用人を呼びに行き、そこで初めて、屋敷のなかの者らも気づいたようだ」

「さようにございますか……」

ならば屋敷の者たちに聞き込みをかけたとしても、有力な情報は得られないかもしれない。

とはいえ外の、他人の目撃者を望める場所で斬られている訳ではないから、やはりまずは三枝の屋敷を訪問して、話を聞くより他になさそうだった。

「して、当人たちは、今はどのように……？」

武家の者がこうして何か問題を起こすと、調査が済んで幕府の沙汰《さた》が正式に決まるまでは、親類縁者などの屋敷に「お預け」になるのが普通である。

だが今回はそうしたところも、ちと異例であるようだった。

「刃傷に及んだ文一郎については、三枝の屋敷にて『押込《おしこめ》』になっておるのだ。なにせ斬ったほうも、斬られたほうも、同じ屋敷の者ゆえな。逃がさぬようにいたすなら、わざわざ他家へ面倒をかけることもなかろうと、ご老中方よりお許しもいただいたところだ」

三枝家からの報告によれば、文一郎は座敷牢よろしく、屋敷の離れに幽閉され、見張りも昼夜しっかりとつけられているそうだった。

「さようでございますか……」

うなずいて、だが十左衛門は、刃傷を起こした文一郎のその先を考えていた。

こうして人を傷つけたり殺したりなどと何かの罪を犯した者には、『公事方御定書《くじがたおさだめがき》』に則《のっと》った、それなりの処分が待っている。

公事方御定書というのは、八代将軍・吉宗《よしむね》公の御世に制定された幕府の法典で、人殺しであろうが、詐欺や傷害、盗みであろうが、すべての犯罪はこの御定書の取り決めに基づいて裁かれ、罰せられる。

「『人殺《ひとごろし》』ならびに『疵付《きずつけ》』等、お仕置きのこと」

という第七十一条の箇条に、殺人罪や傷害罪における処罰の方法が書かれており、今回のような場合についても細かく決められていた。

「口論のうえ人に疵付け、片輪《かたわ》にいたし 候《そうろう》もの、中追放《なかついほう》。ただし渡世《とせい》も成り難きほどの片輪にいたし候ものは、遠島《えんとう》」

と、たとえば傷害の罪ならば、以上のような裁きが下る。

このうちの『中追放』というのは、江戸《えど》市中や京《きょう》、大坂《おおさか》、東海道《とうかいどう》や木曽路《きそじ》、日光道《にっこうどう》の街道筋《かいどうすじ》など、人品の多く集まる主要な地域に足を踏み入れてはならないという追放刑の一つで、つまり斬られた庫之丞の身体に先々何かの障害が残れば、文一郎は幕臣の身分を剝奪された上、生涯、江戸には戻ってこられなくなるということだった。

おまけに、もしこのまま庫之丞の意識が戻らず、命を落とす事態になれば、文一郎の処罰はさらに重いものになる。

「人を殺し候もの」

という条文のなかに、年長者が自分より年少である弟や妹、甥《おい》や姪《めい》などを殺してしまった場合についての細かい規定があり、

「喧嘩口論の末の短慮《たんりょ》や事故などにて、ふと殺してしまったら、遠島。利得がらみで殺したら、死罪」

と、厳罰が待っている。

つまりは兄の文一郎がなぜ弟に斬りつけたのか、その理由の如何《いかん》によっては、庫之丞の命が助かるにしろ助からぬにしろ、処罰の軽重《けいちょう》がかなり変わってくるということであった。

「では私、さっそくにも三枝さまのお屋敷をお訪ねし、事情を訊いてまいりまする」

十左衛門がそう言うと、小出信濃守はパッと顔つきを明るくした。

「おう。なればこの一件、そなたが直《じか》に務めてくれるか？」

「はい。こたびは不肖《ふしょう》、私が、相務《あいつと》めさせていただきまする」

「うむ。是非にも、頼む」

そう言って、信濃守は目を伏せた。

こんな風に信濃守が特別に幕臣一家《いっけ》に対して思い入れを見せてくるのは、きわめてめずらしいことである。

やはり先祖代々小出家が何かと幕府との「繋ぎ」を頼んでいた旗本家ゆえ、こたびの三枝家の一件は、信濃守がことに信頼している十左衛門《めつけ》に担当して欲しいのかもしれなかった。

「つきましては三枝さまのお屋敷にて、さまざまお伺いをいたします際に、何かの折々、信濃守さまの御名をお借りいたしましてもよろしゅうございましょうか？」

取り調べに三枝家を訪ねるにあたり、家どうし懇意である小出信濃守の名を出せば、ただ単純に「城から目付が取り調べに来た」というよりは雰囲気が和らいで、三枝家《あちら》のほうも何かと本当のところを話してくれるようになるのではないかと、そう期待しているのである。

「おう、使え、使え。何なら小出家《うち》より案内《あない》の使者をつけるが」

「いえ。まずは信濃守さまの御名だけご拝借をいたしまして、大仰《おおぎょう》にならぬよう供《とも》は減らして、ごく軽装でお訪ねをしてまいりまする」

「うむ。なれば、頼んだぞ」

「ははっ」

信濃守との会談を終えると、十左衛門は配下の徒目付《かちめつけ》・本間柊次郎《ほんまとうじろう》ら数人を呼び寄せて、さっそく三枝家の屋敷に向かうのだった。

二

三枝家の屋敷は旗本が多く在住する小川町《おがわまち》の一画にあったが、家禄七千石の名家らしく周囲の旗本家と比べても、とりわけ広い屋敷地を拝領していた。

おそらく二千坪以上はあるだろう。表門の構えも、家臣らの住む長屋になっている白漆喰《しろしっくい》の高塀《たかべい》なども立派で、ちょっとした大名家の下屋敷といった様相である。

その三枝家を訪ねて、小出信濃守よりあらかたの事情を聞いた旨、応対に出てきた家中の侍に話をすると、すぐに奥から銀白の髪をした用人が現れた。

「主《あるじ》・善右衛門常定は、ただいま姻戚《いんせき》の竹野《たけの》家に報告に出ておりまして……。まことに不調法ではございますのですが、不肖、私《わたくし》、用人の辻村佐久兵衛《つじむらさくべえ》がお相手をさせていただきとう存じます。どうぞ、何なりとお申し付けくださりませ」

七十はとうに越えているのであろう。古参と見える外見の通り、辻村用人は先代の当主の頃から五十年あまりも三枝家に勤めているそうで、今回、刃傷沙汰を起こした文一郎や庫之丞についても、二人が生まれたそれぞれの日の屋敷中の様子まで鮮明に覚えているということだった。

「四人のご兄妹弟のなかでも文一郎さまは、とりわけ物静かで、穏やかなご気性でいらっしゃいまして……」

長男でゆくゆくは三枝家を継ぐ身である文一郎は、ごく幼い頃より父親から嫡男としての心得を厳しく叩き込まれてきたそうである。武道や学問に励み、また安易に物事に動じることなく冷静沈着に何かに対峙《たいじ》できるよう、常に自分を律しつつ、日々静かに暮らしていくのが癖になっているのではないかということだった。

「して、ご三男の庫之丞どのは？」

十左衛門が三男のほうに話を向けると、辻村用人は庫之丞の容態のことを思い出したらしく、一転して辛そうな顔になった。

「一体、何がございましたものか……。とにかく今は何といたしましても庫之丞さまのお命をお助けせねばと、家中の者は皆、必死でございまして」

三男である庫之丞は、まだ赤子の頃から兄姉たちに可愛がられて、いかにも末っ子らしく自由闊達に育ってきたという。

「ただ庫之丞さまお一人だけは、お気の毒ながら、お母上さまの温もりをお感じになられることなくお育ちになられましたので……」

四人の子を次々に産んだ母親、当主・三枝善右衛門の妻女は、庫之丞を産み落とすと、それと引き換えのようにして命を落としたという。

そんな事情もあって、父親や兄姉たちをはじめ辻村用人や家中の者たちも、末っ子の庫之丞を何かと庇って格別に扱ってきた。

「ご長男の文一郎さまや、ご次男の庄次郎さまに比べれば、少しく我《が》をお張りになられることもあったやもしれませぬが、お気持ちの優しきところは兄上さまや姉上さまと方といっこう変わらず、芳乃《よしの》さまがことも、まるで妹のように可愛がっておられました」

いきなり出てきた女人らしき名前に、十左衛門が目を丸くすると、

「『よしの』さま？」

「いや、これは失礼をいたしました」

と、辻村用人は自分の白髪頭をペンと叩いた。

「『芳乃さま』とおっしゃいますのは、当家にはごく遠縁にあたりますお旗本・竹野家のご四女で、文一郎さまの嫁御《よめご》さまにございまして」

「では文一郎どのには、ご妻女があられましたか……。して、お子は？」

「お子も何も、いまだ文一郎さまと芳乃さまにおかれましては、まるで形の上だけのご夫婦でございますゆえ」

「…………？」

怪訝な顔の十左衛門に、辻村用人は説明をし始めた。

親どうし、三枝家の長男・文一郎に竹野家の四女・芳乃を妻合《めあ》わせようということになったのは、今から五年前、まだ芳乃が十一歳の頃だったという。

だが一方、文一郎のほうはすでに二十歳になっており、三枝家の嫡男として上様にもお目通りを済ませてあったため、芳乃は十一歳と幼いながらも、実際に三枝家に嫁いでくることになった。

大名家や大身の旗本家などには時折見られることなのだが、家どうし互いの息子と娘を先々夫婦《めおと》にしようと決めてある場合に、二十歳前後の結婚適齢期になってから嫁にもらうのではなく、その娘がまだ幼少のうちから「嫁」として引き取って、夫となる嫡男や他の自分の家の子供たちと一緒に、いわば養女のように養育することがままあった。

すでに成人した娘を「嫁」として迎えるよりは、まだ幼いうちから養女のようにして育ててしまうほうが、自家の家風にも、将来「夫」となる息子にも、自然に馴染《なじ》んでくれるからである。

小禄の武家などで経済的に養育の余裕がないのならともかく、三枝家は家禄七千石もの大身であり、おまけに両家は遠縁ながらも姻戚なため、竹野家としても四女を早く嫁に出すのに反対する者はいなかった。

そんな訳で芳乃は十一歳で嫁に来たのだが、当時、三枝家には二十歳の文一郎を総領として、十八歳の次男・庄次郎、十六歳の長女・奈江、十三歳の三男・庫之丞と、年長の者が四人もいたのである。

「まだ十一でございましたゆえ、ご実家が恋しゅうて、よう泣いていらっしゃいましてな。その芳乃さまをなだめて奈江さまが、まるで本当の姉妹のようにずっと一緒にお過ごしになられて、夜なども奈江さまのお部屋でお床を並べて寝ておいでになりました」

幼い芳乃を不憫《ふびん》に思ったのは男の兄弟も同様で、自分たち自身が早くに母親を亡くしているためもあり、皆それぞれ、芳乃を末っ子の妹のように可愛がっていたという。

「その皆さまのお心尽くしの甲斐がございまして、芳乃さまも一年と経たないうちに、三枝家《ここ》にすっかりお馴染みになられまして……」

気づけばもう五年経ち、芳乃も今年で十六歳になったため、はや二十五歳になっている文一郎と正式に夫婦として添わせようと、つい先日、両家の親たちが話し合いを持って、決めたのだという。

「なれば、その『芳乃どの』とおっしゃる娘御《むすめご》は、文一郎どのと添われたばかりであられますするか？」

正式に夫婦となったばかりの夫が罰せられて、江戸払いや遠島、悪くすると切腹にまでなるのでは、あまりにも気の毒というものである。

文一郎の処分を思って十左衛門が眉を寄せていると、前で辻村用人も顔つきを暗くした。

「いえ。お二人のご祝言につきましては『来月の良き日に、内々で』と、そう決まっておりました。されど、こたび、この一件《こと》がございましたので、おそらくはご実家のほうにお戻りになられるのではないかと……」

「さようでございましたか」

少しくほっとした気持ちを隠すようにして、十左衛門は目を伏せた。

三枝家の忠臣である辻村用人には言えないが、こうして何か事件が起《こと》こってしまった際、その余波で不幸になる人間の数は、一人でも二人でも少ないほうがいいに決まっているのだ。

その嫁御の身の先が大丈夫そうだということならば、あとはいよいよ文一郎と庫之丞、ひいては三枝家の進退のことである。生死の境をさまよって床にいる庫之丞から話を聞くのは無理であろうが、文一郎のほうからは、是が非にも詳しく一件の事情を聞かなければならない。

小出信濃守の話では、今、文一郎は三枝家当主である父親の命令で、屋敷の奥にある離れに幽閉されているということだった。

十左衛門は居住まいを正すと、辻村用人に申し入れた。

「文一郎どのより直にご事情を伺いたく存じまする。この上は、どうか文一郎どのにお繋ぎのほどを」

「心得ましてございます。なれば、どうぞこちらへ……」

辻村用人の案内で、十左衛門は供に連れてきた徒目付の本間と二人、大身七千石の広大な屋敷のなかを奥へ奥へと向かうのだった。

二十五歳の三枝文一郎は、なるほど辻村用人の言う通り、ごく物静かで、礼儀正しい印象の男であった。

城から来た十左衛門に対しても、「こたびはご足労をおかけいたしまして、まことに申し訳もございません」と、畳に額《ひたい》を押しつけるようにして平伏している。

その文一郎の声には、いわゆる怯《おび》えや緊張の色はいっさいない。そのことに十左衛門は、少なからず驚いていた。

こうして城から「目付」なんぞが取り調べに来れば、たいていの者は自分の進退がどうなるかを案じて、緊張したり、自分を正当化しようとして気負ったり、媚《こび》を売ってきたりと、つまりは平常心を失うのが、まず普通なのである。

だが今、目の前の文一郎からは、そういった焦りや気負いが、まったくもって感じられない。

小出信濃守の話では、文一郎は自分の家の者にさえ刃傷に及んだ理由を語ろうとしないということであったが、この落ち着きようを見るかぎり、文一郎の口を開かせるのは至難の業《わざ》であろうとは思われた。

「なれば、文一郎どの。さっそくではござるが、刃傷に及ばれた次第について、逐一お聞かせくだされ」

「『逐二』と申しましても、大したことではございませんので……」

文一郎はそう言うと、きわめて淡々とした調子で先を続けた。

「家の者にも申したのでございますが、本当に、ただのつまらぬ兄弟喧嘩だったのでございます。それが昨日は言い合ううちに、互いに引けなくなりまして、あのような次第に……」

「…………」

「…………」

それきりで、沈黙が流れた。

どうやら、この文一郎という男、これ以上は何も喋らずにいるつもりのようである。

今回の案件のような、人間《ひと》の心情が大きく関わる事件の際は、相手の些細な物言いや仕草、顔の表情などを読み取って、そこから何か一つでも二つでも、手がかりになりそうなものを拾っていきたいところなのである。

それゆえ、ことに最初の聴取の時にはできるだけこちらは喋らず、向こうがどんな表情をして、どんなことをどんな風に話そうとするのか、受け身で聞いておきたいのである。

だがおそらく今回は、「相手の出方」をうかがって受け身で待っていても、駄目なようであった。

仕方なく十左衛門は、こちらから切り口を選んで突っ込んでみることにした。

「刃傷に及ばれたのは『お屋敷の廊下』とうかがったが、暁前《ぎようぜん》のその時刻に、何ゆえにそうした場所で、喧嘩口論になったのでござる？」

「…………」

と、文一郎はつと目を下げて考えるような形になったが、すぐにそのまま話し出した。

「私は起きぬけで、厠《かわや》へ行く途中でございました。庫之丞がほうは、道場の早朝稽古がございますので、そちら向かうつもりで廊下を歩いていたのだろうと存じまする」

「さようでござるか」

「はい」

「…………」

「…………」

　またも文一郎はこれだけで、だんまりを決め込むつもりであるらしい。

　だが十左衛門は今の話で、「手がかり」を一つ、つかんでいた。

「では、文一郎どの。貴殿、『お刀』はどうなされた？」

「は？」

　文一郎は目を丸くして、こちらが何を訊こうとしているのか、まだ判らないようである。

　その文一郎に、十左衛門は、もう一押し、踏み込んだ。

「いやな、さきほどのお話では、貴殿はたしか寝起きのいでたちでいらしたはず……。床を出て、厠に行かれる途中であれば、腰にお刀はございますまい」

「……それは……」

　と、文一郎が一瞬、返答に詰まったように見えた時である。

「失礼いたします」

　廊下から高くか細い声がして、閉まっていた襖を引きあけて、ごく若い女が顔を出した。

「お茶をお持ちいたしました」

　いささか子供っぽい口調でそう言って、女はこちらへと近づいてくると、まずは客の十左衛門に、続いて文一郎の前にと茶を置いた。

見たところ、十五、六というあたりであろうか。

この若い女人が懸案の『芳乃』であるのか、それともただの女中なのか、十左衛門が見定めに困って眺めていると、その視線を感じたか、女はこちらと目を合わせて、改めて頭を下げてきた。

「粗茶で、ご無礼をいたします」

「いや……。こちらこそ、お手数《てかず》をおかけいたした」

思わず釣られてそう答えていると、前から文一郎の鋭い声が聞こえてきた。

「ここへ来てはいけないと申したであろう。疾《と》くお帰りなさい」

「ですが、文一郎さま。あの……」

「よいから、疾く下がらぬかッ！」

上からピシリと叱りつけると、文一郎は、つっと女から目をそらした。

「…………」

瞬間、女の整った細い眉が歪んで、小さな唇がギュッと固く噛みしめられた。

「……ご無礼をいたしました……」

女はそう言って、空《から》になった盆を抱えて座敷から退いていった。

再び閉じた襖の向こうから、かすかな衣擦《きぬず》れの音がする。すると、ほどなくバタバタと、いささか武家の女の礼法にはそぐわぬような駆け足の音が聞こえてきて、あっという間に奥へと消えていった。

いかにもバッと駆け出したと聞こえるその足音は、やはり、あの若い娘の泣いている姿を連想させるものである。十左衛門は、前に座している文一郎のほうに、そっと静かに目を上げた。

見れば、文一郎は顎《あご》先が胸元にめり込むほどに下を向き、正座に揃えた両膝の上で固く拳《こぶし》を握っている。

「文一郎どの……」

十左衛門は、静かに声をかけた。

「今いらした女人は『芳乃どの』とおっしゃる嫁御どのでござろう？　もしやして、貴殿、ご自身の進退の先を考えて、無理にも芳乃どのに『愛想尽《あいそづ》かし』をさせようとお思いか？」

「…………！」

瞬間、今度は文一郎の口元が、真一文字に引き締められた。

「申し上げます」

やおら文一郎はそう言うと、目付の十左衛門に、真っ直ぐ顔を上げてきた。

「先ほどは『ただのつまらぬ兄弟喧嘩』と申しましたが、庫之丞と諍う原因《もと》となりましたのは、三枝《さえぐさ》家の家督のことにござりまする」

「…………」

判断に迷って、十左衛門は一瞬、黙り込んだ。

明らかに芳乃の話を避けるために言い出したのであろうこの文一郎の供述を、正直、信じてよいものであろうか。

文一郎は真っ直ぐに、まだこちらを見つめている。その文一郎の目のなかを逆に覗き込むようにして、十左衛門は、切り札を出した。

「文一郎どの、先の話の続きだが、これは是非にもお伺いいたしたい。貴殿、お刀はどうなされたのだ?」

「…………」

瞬間、文一郎は目をそらせてうつむいたが、すぐにまたこちらへ顔を上げて言ってきた。

「発端は、庫之丞の『嘲笑《ちようしよう》』にございました」

「嘲笑、とな?」

「はい……」

　うなずいて、文一郎は話し始めた。

「庫之丞は、まだ十四、五だった昔から『剣筋がいい』と道場で褒められておりまして、自分でもそれを自負するところが強うございました……」

　あの時、廊下で顔を合わせた時にも、庫之丞は早朝の稽古に向かう途中だったらしく、万端《ばんたん》、身支度も整っていた。

「よくは覚えておりませんが、『稽古か？』と挨拶代わりに声をかけたかと思います。そういたしましたら、『私は兄上とは違い、家を継げる訳ではございませんので……』と、さっそくに突っかかってまいりました」

　もとより庫之丞は自分の剣の腕を自慢にする風があり、文一郎の剣筋がよくないことを馬鹿にする嫌いもあったという。

「私も、たまたま虫の居所が悪かったのでございます……」

　庫之丞が剣術自慢をしてくることにも、家を継げない三男の身を嘆いて嫌味を言ってくることにも、もうすっかり慣れているはずだったのだが、どうした訳か、あの時ばかりはどうしても聞き捨てにすることができなかったというのである。

「次第そのまま口論になりまして、庫之丞が刀を渡してまいりました」

文一郎に大刀のほうを渡しておいて、「自分は脇差でいい」と言い、とうとう廊下で兄弟二人、腕の優劣を競って、互いに刀を向け合う形となったという。

「なればその『腕くらべ』に、そなたが勝ったという訳か？」

十左衛門が確かめるように訊ねると、だが文一郎は首を横に振ってきた。

「判らないのでございます。庫之丞に脇差を向けられて、こちらも必死でございましたので……」

強い庫之丞を相手に、とにかく必死で応戦をしていたら、気づいた時には庫之丞が血まみれになって倒れていたのだという。

「さようでござったか……」

これを聞くかぎりでは、どうも、何とも、後味のよくない話ではある。

斬られた側の庫之丞が今は瀕死《ひんし》の重傷で話を聞くことができないから、これが事実であるのか否かも判らないが、どちらにしても、これをこのまま鵜呑《うの》みにして、小出信濃守に報告する訳にはいかなかった。

先ほど顔を出してきた芳乃にも、文一郎ら兄弟について話を聞きたいところだが、ああして文一郎に追い払われたばかりの今では、無理であろう。

十左衛門は、ほどなく三枝家の屋敷を辞したのだった。

四

三枝家を訪ねた翌日の午後のことである。

十左衛門は徒目付の本間柊次郎より報告を受けるべく、目付方の下部屋にやってきていた。

「して、柊次郎。どうであった？」

「はい。まずは、あの文一郎でございますが……」

昨日の訪問の後、本間が単身あちこち聞きまわって調査してきたのは、文一郎・庫之丞兄弟の、日頃の評判についてである。

「長男の文一郎につきましては、おおかた昨日の見かけの通りにございまして……」

文一郎が子供の頃から通っている道場や学問所を訪ねて、友人たちや先輩、後輩、師匠たちに至るまで広く聞きまわってみたのだが、「あの穏やかな文一郎が刃傷沙汰を起こすなど、信じられない」と、皆が皆、口を揃えて言うばかりであった。

「実はその道場や学問所には、長男の文一郎だけではなく、次男の庄次郎や三男の庫之丞も通っていたようなのですが、親のしつけが厳しかったか、なかなかに皆、勤勉だったそうにございまして……」

むろん武術にも学問にも天才肌の者はいるから、そうした者にはさすがに敵《かな》わず、首席を取るというほどではなかったそうだが、長男・次男・三男とも、それぞれの師匠たちが「三枝は優秀だ」と一目《いちもく》置いてくれるほどの存在ではあったらしい。

「ただそれは何ぶんにも、師匠筋《すじ》や兄弟子《でし》たちの見分でございまして……」

三兄弟をごく近くで見ている友人たちの証言は、いささか違っていたという。同年代の友らの目には、長男・次男・三男の性質や能力の差異が、かなり明確に見えていたのである。

「『学問ならば、やはり断然、長男の文一郎が優秀であろう』ということでございました。学問所の吟味《ぎんみ》（試験）などでも、幾度かは、次席にまで上ったそうにございまして……」

「ほう……。して肝心の、武道のほうはどうだ？」

十左衛門が訊ねると、本間は首を横に振った。

「やはり本人も申すよう、筋はよくないそうでございました。すぐ下の次男に庄次郎というのがおりますが、そちらのほうが『まだしも』ということで、やはり剣では三男の庫之丞が群を抜いておりまして、『将来《さき》はおそらく師範代《しはんだい》まで登りつめるに違いない』と、目《もく》されていたそうにございました」

「ほう……」

本間の報告を聴き終えて、十左衛門は目を大きく見開いた。

「なれば存外、『喧嘩口論の末に、刀を持って……』という文一郎の話も、事実やもしれぬな」

「はい。腕に覚えのある者は、何ぞで腹が立ちました時など、とかく剣にて、雌雄を決したがるものにございますゆえ……」

「さようであろうな」

十左衛門はうなずいた。現に今、目の前にいる本間柊次郎も、剣の腕は相当に立つ男なのである。

だがそうなると、いよいよもって腑に落ちないのは、「文一郎が剣を持って、庫之丞に打ち勝った」というそのことであった。

「おい、どうだ？　柊次郎」

十左衛門は、本間のほうに一膝つめ寄って、こう訊いた。

「『大刀』と『脇差』とで『下手《へた》』と『上手《じょうず》』が戦って、下手が上手に勝てるものか？」

「……どうでございましょう」

本間は素直に、首を傾げてきた。

「刀の長さの差というのは甚大でございますから、下手にも分《ぶ》がない訳ではございませんでしょうが、師範代を目《もく》されたほうが負けるというのは、私にはどうも……」

「うむ。さようさな」

「はい……」

うなずいてきた本間柊次郎と二人、十左衛門は、大きく一つため息をついたものである。

だがそんな十左衛門のもとに、またも小出信濃守からとんでもない報せが入ってきたのは、数日後の昼下がりのことであった。

あの芳乃が、どうやら自害を試みたものか、三枝家の屋敷からも程近い水道橋《すいどうばし》から神田川《かんだがわ》に飛び込み、ちょうど通りかかった町人の荷舟に助けられたというのである。

信濃守より目付部屋へと届いた文を読み終えると、十左衛門は本間柊次郎を呼び寄せて、急ぎ小川町の三枝家の屋敷へと向かうのだった。

五

辻村用人に案内されて入った芳乃の居間は、文一郎の幽閉されている離れからは、はるかに遠い場所にあった。

この日当たりのよい南向きの座敷が、おそらく三枝《こ》家《こ》に嫁に来た当時から芳乃の部屋であったのであろうことは、部屋にさまざま置かれているいかにも若い娘らしい小道具やら家具やらで判る。

そうしたものの一つ、鮮やかな赤漆《あかうるし》で塗られた造りのよい鏡台の足元には、幼女が大事にするような人形が寝かされており、その白い人形の顔の色とほぼ変わらぬ青白い肌をして、芳乃は布団に仰向《あおむ》けに横たわり、目を瞑《つむ》っていた。

ついさっき玄関先で辻村用人から聞いた話では、芳乃が神田川に飛び込んだのは、今日の早朝だったという。江戸郊外から採りたての野菜を運んできた荷舟の一艘が、ちょうどその場に行き当たって、大慌てで助け上げてくれたそうだった。

すぐに川から引き上げられてしまったから、芳乃はさして水を飲んではいなかったらしい。

水道橋のたもとにある辻番所から、三枝家へと連絡が入り、芳乃は生きて再び戻ってきたという訳だった。

「芳乃さま」

辻村用人は、まるで孫娘を心配する爺《じい》のような顔をして、枕元に近寄ってそっと声をかけた。

「先日お越しになられました御目付の妹尾さまが、『芳乃さまに、是非にもお話を伺いたい』と、お城からおいでにございまして……」

「はい」

と、芳乃は子供のような返事をして、仰向けに横たわったまま目だけを静かに開けてきた。

「ではお話しいたします。すみませんが、御目付さまと二人きりにさせてくださいませ」

「承知いたしました。では……」

辻村用人が急ぎ立ち去ろうとするのを見て、供として控えていた徒目付の本間も、即座に腰を上げた。どうやら「自分も邪魔であろう」と踏んだらしい。

その本間に一つ小さくうなずいて見せると、完全に二人きりになったのを契機に、十左衛門は芳乃に声をかけた。

「先日は、茶を馳走《ちそう》になりました。まことに美味《うも》うございました」

「ありがとうございます」

芳乃は礼を返してきたが、よく見ると、じっと天井を見つめたままの目の端から、つーっと一筋、涙がこぼれている。

先日の茶の話をされたゆえ、あの時、文一郎に叱られて、満足に話もしてもらえなかったことを思い出したに違いなかった。

「……芳乃どの、とおっしゃられましたな？」

努《つと》めて優しくやわらかく声をかけると、十左衛門はつと考えて、やはり思ったままを口に出すことにした。

「先日の文一郎どのの『あの物言い』は、他でもない、芳乃どのの御身《おんみ》を真実、大事に思うての『苦肉の策』でございましょうて」

「…………」

芳乃に返事の言葉はなかったが、それでも、さっきまでは天井《うえ》を見ていただけの目を、こちらへと向けてきた。

もし自分に娘がいたら、存外こんなものなのかもしれない。「年頃の娘というのは、実に『扱い』が難しい」と、親類や知人から愚痴《ぐち》を聞かされたことが幾度もあって、十左衛門はつと可笑《おか》しくなった。

「…………？」

だが気がつけば、横で芳乃が怪訝《けげん》な顔で、じっとこちらを見つめている。おそらくは「文一郎についての真剣な話の最中に、一体、何を笑っているのか」が気になって、不快な気分になっているに違いなかった。

「いや、ご無礼つかまつった……」

何の隠しも屈託《くったく》もなく、十左衛門は素直に頭を下げて、言い出した。

「実は拙者、早くに妻を亡くしまして、子もございませぬゆえ、『もし拙者に娘でもあれば、かように話をしたのやもしれぬ』と、つと思いましてな」

「さようでございましたか……」

単純に「お気の毒だ」と思ったのであろう。芳乃はふっと目を伏せて、やおら布団の上で身体を起こし始めている。

「おう。さように起きられて、大丈夫でござるか？」

慌てて十左衛門が案ずると、「はい」と、芳乃はうなずいた。

「それで、あの……、ご妻女さまは？」

「ああ……」

　と、十左衛門は、ひどくやわらかい笑みを見せた。

「『与野《よの》』と申したのでございますが、元より妻は病弱でございましてなあ……」

　遠い目をして、十左衛門は話し出した。

　こうして何の屈託もなく与野の話ができるのは、何年ぶりであろうか。今、こんな役目の最中でありながら、正直なところ、気持ちは少し高揚している。

　やはり普段は誰を相手に選んでも、掛け値なしの屈託なしでは、与野との懐かしい昔話をできないからかもしれなかった。

「いや正直、嫁にもらおうといたしました際には、ずいぶんと親類縁者に反対をされ申した。現に初めて『嫁にしたい』と思いました時には、与野はまだ十七でございましたが、拙者が親類の者らを口説《くど》き落としてようやく嫁にできましたのは、四年も経ってからでございましてなあ。その頃には、すでに与野《あれ》も二十歳を超えて、いささか年増《としま》になっており申した」

　そう言って、十左衛門がカラカラと笑っていると、

「『年増だ』などとおっしゃっては、お気の毒です」

　と、芳乃は実に、女人らしい説教を返してきた。

「さようでございますな。まこと、与野《あれ》にも叱られそうにござる」

十左衛門がまた笑うと、芳乃もパァッと明るい笑顔を広げてきた。

「でもご妻女さまは、今も必ずお幸せでございましょうね」

「……かたじけのうござる」

十左衛門は礼を言ったが、つと鼻の奥がツンと痛くなって困り始めた。

こうした時は、かえっていろいろ自分から話を繋《つな》いでしまったほうが、たいていの場合は、涙を押さえられるものである。十左衛門は、冗談めかして先を続けた。

「したが実際、そうでなくては困りまするぞ。『後添《のちぞ》えはまだか、まだか？』と、周囲《まわり》が煩《うるそ》うてたまらぬところを、懸命にかわしておるのでございますゆえ」

「…………」

見れば、芳乃はもらい泣きの体《てい》か、またも黒い瞳を潤ませ始めている。話を元に戻さねばと、十左衛門は慌てて言った。

「いや、かたじけない。だいぶ話が逸れ申しましたな」

居住まいを正すと、十左衛門は芳乃に改めて笑顔を向けた。

「久方ぶりに妻の話をすることができ、まことに愉《たの》しゅうござりました。妻も喜んでおりましょうて」

「はい……」

と、芳乃はうなずいて、静かに深くうつむいた。

だが次の瞬間、まるで泣きじゃくりのひゃっくりのような息をしたかと思うと、見る間にボトボト、ボトボトと、大粒の涙を自分の膝の上に落とし始めたのである。

「やっ、どうなされた？」

少なからず本気でうろたえて、十左衛門が芳乃の顔を覗き込むと、芳乃はしゃくり上げて泣きながら、途絶え途絶えに、驚くべきことを言ってきた。

「このたびの、文一郎さまのご刃傷は、私《わたくし》と庫之丞さまの『密通《みっつう》』のせいにございます。文一郎さまには、非はいっさいございません。ですから、どうか、文一郎さまをお解き放ちに……。その代わりに私が、何でもお仕置きのほどを……」

泣いて泣いて、泣きじゃくって、それでも芳乃は最後まで言いきったものである。

この十六の娘の言葉を、いかに解釈すればよいのであろうか。

「………」

泣き続ける芳乃を前に、十左衛門は途方に暮れるのだった。

六

「どうだ、柊次郎。そなた、どう見る？」

「はあ……」

またも十左衛門に難問を突きつけられて、本間は正直に困った顔になった。

今、二人は三枝家への訪問を終えて、十左衛門の私邸である妹尾家の屋敷に戻ってきたところである。

水道橋にも程近い三枝家の屋敷から、駿河台《するがだい》にある妹尾家までは、ゆっくり歩いても小半刻《こはんとき》（三十分位）とかからない。

実はあの後、十左衛門ら二人は三枝家の当主である善右衛門に呼ばれて、こたびの仕儀について、さまざま腹を割って話をしてきたのである。

前回、文一郎への聞き込みで三枝家を訪ねた時は、善右衛門は親戚へ事情の説明に出ていて留守だったため話ができずにいたのだが、「今日こそは、是非にも妹尾どのにお会いせねば……」と、十左衛門が芳乃との面談を終えるのを待ち構えていたそうである。

おそらくはあの広い屋敷内でも一番上等の客間であろう大座敷に通されて、いざ話を始めてみると、なるほど、あの文一郎の父親らしく、落ち着いていて話の判る大人物であった。

「御定書のご条文がございましょうゆえ、文一郎が処分《こと》についいては覚悟いたしておりまする……」

善右衛門はそう言って、改めて畳に手をつき、頭を下げてきたものである。

八代将軍・吉宗公が制定された幕府の法典『公事方御定書』は、基本、極秘の書簡であり、犯罪人を裁く役目を担っている寺社・町・勘定の三奉行や評定所《ひょうじょうしょ》の役人など、ごく限られた者だけが閲覧できることになっている。

とはいえ、やはり「どういう罪を犯したら、どのように裁かれるものか」、知りたいと思うのが人情である。

それゆえ極秘の書簡であるにもかかわらず、こっそりと写本されたり、人から人へ口伝えで広まったりなどして、部分的にではあるにせよ、実際にはかなりの数の者たちが御定書の条文を知っているらしい。

今回の三枝善右衛門常定も、息子の起こした刃傷沙汰がどれほどの罪になるものか、大まかには、すでに知っているようだった。

文一郎のあの様子から察すれば、金や欲得がらみで弟を斬った訳ではないだろう。

となれば、あと問題となるのは、庫之丞の怪我の程度や命のことである。

後遺症もなく怪我が治れば、『押込《おしこめ》』という三十日や五十日程度の謹慎刑で済むであろうが、たとえ命が助かっても後遺症が残れば『中追放』となり、普通に生活できないほどの障害が残ったり、このまま庫之丞が命を落としたりすることになれば『遠島』で、つまりは何の障害もなく怪我が完治しない限り、文一郎は江戸に住み続けることができなくなるということだった。

「このことは、すでに芳乃が実家の竹野家にも伝えまして、この先、芳乃をどうすればよいものか、忌憚《きたん》なきところを話し合ってまいりました」

両家の意向は一致している。文一郎に下されるお沙汰が『押込』で、三枝家自体も『お咎めなし』と正式に赦《ゆる》されないかぎり、芳乃は三枝の家とは離縁して実家に戻るのがよかろうと、すでに決まったということだった。

この親たちの決定は、昨日夕刻、文一郎にも芳乃にも、それぞれに伝えられたそうである。そしてその翌日、すなわち今日早朝に、芳乃が神田川に飛び込んだという次第であった。

「川に身投げをいたしましたのは、両家の親の意向を聞かされたがゆえでございましょうが、なれば芳乃は『やはり文一郎と添い遂げたい』と、願っているのでございましょうか?」

さかんに首を傾げながらそう言ってきた本間柊次郎に、「うむ……」と、十左衛門はうなずいて見せた。

「泣きながら密通が話をしてきた時も、『文一郎さまは悪くない。文一郎さまをお解き放ちにしてくれ』と、とにかくもう文一郎のことばかりであったゆえなあ……」

芳乃からはあの後に、遺書にするつもりであったという文を預かっている。その遺書も、あの告白と同様で、「文一郎が刃傷を起こしたのは、自分と庫之丞が密通していたからである。それゆえ文一郎にはいっさい非はないのだ」と、それればかりが強調して書かれていた。

この伝で、あれほど文一郎ばかりを案じている芳乃が「庫之丞と密通していた」とは、十左衛門には、どうしても思えなかった。それゆえ十左衛門は芳乃から告白された密通の話を、その後に面会した三枝善右衛門には言わずに帰ってきたのである。

だがそんな十左衛門の見解は、まだ妻帯していない本間柊次郎のそれとは、少なからず異なっているようだった。

「どうも私は、女心というものが、よう判らぬのでございますが……」

そう前置きをしておいて、文一郎より若い、まだ二十四歳の本間は言い始めた。

「芳乃の申す『密通』というのが、どれほどの深みのものかは知れませぬが、もしやして文一郎がことも、庫之丞がことも、芳乃にとっては同等に愛《いと》おしくあったのではございませんかと……」

何せ芳乃が三枝家に来たのは、十一歳の時である。

当時、十六歳であった長女の奈江が姉代わりに可愛がってくれて、女児の芳乃にとっては奈江が一番の心の支えであったのであろうが、その奈江が十八歳で嫁に行き、続いて次男の庄次郎が翌年には他家へと婿養子に出ていったため、都合、三枝家に残されたのは芳乃と文一郎、庫之丞の三人だけになってしまった。

そうした状況のなか、すでにもう「女児」とはいえぬほどに成長した芳乃をめぐって、恋の鞘当てやら、ひいては密通のようなことが起こっても不思議はないのではないかと、本間は思っているようだった。

「『密通』と申しましても、実際のところはさしたることではないのやもしれませぬ。ただそれを『夫』である文一郎が、赦《ゆる》せるか赦せないかは、また別の話でございますゆえ」

「うむ。なるほどな……」

うなずいて、十左衛門は頼もしく、配下である本間柊次郎をしみじみと眺めた。

本間がまだ徒目付としては若手のわりに、さまざまな場面で機転を利かせ、上手《うま》く仕事をこなしてくれていることは認知している。

だがこうして、こと男女間のいざこざのような案件でも本間が本領を発揮してくれるというのであれば、筆頭としては、実に頼もしいばかりであった。

「柊次郎」

十左衛門は本間に向けて、改めて、声をかけた。

「はい」

答えて本間も、こちらに目を上げてくる。その本間柊次郎に、十左衛門はいきなり切り出した。

「おい。そろそろ嫁を取ったらどうだ？」

「は？」

目の玉を丸くして、本間がいつになく間の抜けた顔になった。

「そう、素《す》っ頓狂《とんきょう》な顔をするでない。そなたも、もう二十四であろう？　いい嫁を探してやるゆえ、身を固めよ」

「…………」

突然の「ご筆頭のお言葉」に絶句して、本間柊次郎が身動きできなくなっていた時だった。

「失礼をいたします」

廊下から声をかけて、二人が話していた客間の襖を開けてきたのは、妹尾家の若党の一人、飯田路之介《いいだみちのすけ》である。

路之介は十二歳ゆえ、妹尾家の家臣のなかでは一番の若手だが、主人・十左衛門の身のまわりの世話をして、着替えを手伝ったり、酒食の際の飯盛りや酌、茶淹《い》れをしたりと、若党としてもなかなかに有能なのである。

今も夕餉の膳を運んできて、まずは客人である本間柊次郎のもとへ行き、手際よく支度を整え始めた。

「本日は、本間さまもご好物の鰹《かつお》が入りましてございます。どうぞ、ごゆっくりとなさってくださいませ」

にっこりと、何も知らない路之介は、本間に笑顔を見せている。

「ああ、いや……」

困って、少し仰《の》け反《ぞ》るようにすると、本間はやおら立ち上がった。

「せっかくの鰹ではございますのですが、ちと今日は野暮用《やぼよう》がございまして……」

「え？」

と、路之介がめずらしく、いかにも子供らしい、がっかりした顔になった。

とたん、横手から『ご筆頭』の言が飛ぶ。

「おい、柊次郎。もう嫁の話はせぬゆえ、喰うてゆけ」

「いいえ、決して、さようなことではございませぬ。まことに、ちと野暮用で……」

そそくさと襖のほうへと向かうと、一足出たその先で、本間柊次郎は廊下の板敷きに正座になった。

「では、ご筆頭、失礼をいたしまする」

平伏して暇乞《いとまご》いをすると、「おい待て、柊次郎」と呼ぶ十左衛門にぺこぺこと頭を下げながら、本間柊次郎は逃げていくのだった。

七

三枝家の用人・辻村佐久兵衛が、自ら騎馬にて、妹尾家の屋敷を訪ねてきたのは、本間柊次郎が立ち去ってすぐのことであった。

「かような夜分に、まことご無礼は重々承知でございますのですが……」

玄関先、深々と頭を下げた辻村用人が、さっそくに訊いてきたのは、あの時、芳乃が言っていた『密通』のことであった。

「本日のご面談の際に、すでに妹尾さまには聞いていただき、文もお預けになったと、そうおっしゃっておられるのですが、それは真実《まこと》にございましょうか」

「…………」

一瞬、十左衛門は黙り込んだ。

本間の前置きではないが、まだいま一つ芳乃の女心が読み解けていないため、とりあえず密通の件《くだり》は善右衛門に言わずに帰ってきたのである。だが、どうやら、芳乃のほうはあの文を公《おおやけ》にして、三枝家の皆にも伝えて欲しかったようである。

仕方なく十左衛門は、今の素直な見解を口にした。

「芳乃どのよりお話はうかがい、文も頂戴《ちょうだい》いたしました。しかして、その内容《なかみ》が真実《まこと》であるか否かは、別のことにござりまする」

密通の話が事実か否かで、この一件のお裁きは、とんでもなく異なるものになる。

もし本当に芳乃が庫之丞と密通していたならば、処罰を受ける対象は文一郎ではなく、芳乃や庫之丞になるからだ。

公事方御定書の第四十九条に、「『密通』お仕置きのこと」という箇条があり、

「密通いたし候《そうろう》妻、死罪《しざい》。

密通の男、死罪」

と、はっきり定められている。

おまけに、もし夫が妻の姦通している現場に行き当たった場合には、妻とその間《ま》男《おとこ》二人をその場で殺してしまってもよいことになっている。

つまりはこの条文に照らせば、芳乃ら二人の密通が事実なら文一郎は庫之丞を斬ってもいいことになり、直ちに「無罪放免」ということになるのだ。

「して、文一郎どのには、どこまでを報せておられる？」

芳乃が川に飛び込んで死のうとしたことや、「密通した」と言い張っていることなど、今の時点で、幽閉されている文一郎にどこまでを報せてあるのか、そこを訊きたいのである。

十左衛門が訊ねると、辻村用人はうなだれて、答えてきた。

「我が三枝家の家中には、人格者であられるご嫡男・文一郎さまを心よりお慕いする者が、まことに多うございます。そのうちの誰がお伝えしておりますものか、用人の私が離れのほうに参りますというと、そのたびごと、すでに文一郎さまは何でもご存じでいらっしゃいまして……」

様子を見がてら、辻村用人が茶や食事など運んでいくと、文一郎は一人きりの座敷のなか、常に静かに住み暮らしており、

「『川に飛び込んだ』と聞いたが、もうすっかり良いようか？」

だの、

「密通の話がこと、父上は、何ぞおっしゃっておられたか？」

などと、逆にいきなり文一郎のほうから質問されてしまうそうだった。

「今に始まったことではございません。まだ十五、六のお歳の頃より、文一郎さまは格別に、そうしたお方でございまして」

「さようでござるか……」

辻村用人に答えて、十左衛門は沈思し始めた。

まだ少年の時分からそうした男であるのなら、今回の刃傷の理由についても、自分で「喋らぬ」と決めたら最後、幕府の沙汰《しらべ》がどうなろうと喋らぬに違いない。

行き詰りの様相を見せているこの案件の調査をつけるため、十左衛門は「やはり、あの芳乃《むすめ》に懸けよう」と、改めて心を決めるのだった。

八

十左衛門が辻村用人の案内で、再び芳乃と対面したのは、夜も五ツ（午後八時頃）をとうに過ぎた時刻である。

再会した芳乃は、十左衛門が独断で文を握り潰したと思っているのか、少しく非難めいた顔をして態度もひどくよそよそしいものに戻っていたが、それは十左衛門とて覚悟していたことだった。

そのうえでなお芳乃に向かい、十左衛門は開口一番、こう言った。

「こたびはもう決着のほど、つけさせていただきとうござる。つきましては、これより文一郎どのの離れをお訪ねいたし、芳乃どのにもご列席をいただきまして、是非にもお二方《ふたかた》よりお話をいただきたく存ずる」

「えっ？」

と、芳乃は予想通り、一瞬にして、顔を強張《こわば》らせた。

「できません！　文一郎さまには『ここに来てはいけない』と、固く禁じられておりまする！」

「何をおっしゃる」

その芳乃を父親のようにピシリと叱って、十左衛門は先を続けた。

「さようなことを気になさっておいででは、いつになっても文一郎《あるじ》どのとお心が通じませぬぞ。さ、参りましょう」

「………」

芳乃は目を伏せ、黙り込んでしまったが、それでもまだ決心がつかないようである。固く唇を嚙んでいる芳乃の背中を優しく押して、十左衛門は奥の離れへと向かうのだった。


慌てて追いかけてきた辻村用人の案内で離れに到着すると、十左衛門は無礼を承知で、自分で直《じか》に声をかけた。

「先般《せんぱん》お伺いいたした、目付筆頭・妹尾十左衛門久継にござる。役儀《やくぎ》により、是非にもお話を伺いとう存ずる」

「承知いたしました。ご足労をおかけいたします。どうぞお入りくださいませ」

「では……」

十左衛門が襖を引き開けて、中に入ろうとした途端のことである。その十左衛門が背中を押して芳乃をともに座敷のなかに入れようとしているのに気がついて、文一郎は芳乃に向けて声を荒げた。

「そなたは入ってはならぬ！　去りなさい！」

「…………！」

と、芳乃が傷ついた顔をして、踵《きびす》を返し、廊下を戻ろうとした時である。

「お待ちなされ」

その芳乃の腕をガッと鷲づかみにして止めると、十左衛門は、今、引き開けたばかりの襖を閉めてしまった。

文一郎のいる座敷が再び幽閉されて、十左衛門と芳乃が廊下に残る形となった。

「文一郎どの。これならご異存はなかろう」

決めつけて、中にいる文一郎に声をかけると、十左衛門は目を丸くしている芳乃を促して、廊下の板敷きに座して並んだ。

「役儀により、この場にて詮議をいたしたく存ずる。まずは芳乃どの、先般お伺いいたした密通が一件については、まこと、あの文の通りでよろしいか？」

「……はい」

消え入りそうな声で、芳乃はそれでも返事をした。

「……ふう……」

十左衛門はわざと大仰《おおぎょう》にため息をついて見せると、今度はつと顔を上げて、「文一郎どの」と、襖の向こうに声高《こわだか》に話しかけた。

「芳乃どのの今のご言明について、お伺いをいたす。そも、ご貴殿におかれては以前より密通の事実にお気づきで、その仕儀ゆえに、こたび庫之丞どのをご成敗なされたのでござろうか？」

「いえ」

驚くほど即座に、中から声が返ってきた。

「私《わたくし》が、こたび刃傷にまで及んでしまいましたのは、先般も妹尾さまに申し上げました通り、私が引き継ぐ家督のことで、庫之丞と口論になりましたからでございます」

「なれば、芳乃どのがご言明については、いかがお思いになられる？」

「…………！」

と、小さく息を飲んだのは、横に座っている芳乃のほうである。

一方、肝心の襖の向こうは、まるで気配を消しているかのように、しんと静まり返っていて、さっきとは一転、答えはなかなか返ってこない。

その間、十左衛門はともかく芳乃には、どれほど長く感じられたことであろうか。

だが、待って、ようやく返ってきた文一郎の返事は、しごくつまらないものであった。

「密通の在りや無しやは、私の存じ上げぬことでございます。こたびの刃傷とは、いささかも関わりはござりませぬ」

「……ふん」

荒い鼻息を一つして、十左衛門は芳乃に、真っ正面に向き直った。

「ご覧なされ。さように何でも遠慮をして本音を飲んで申さずにおるゆえ、こうしていざともいう際に、互いのことが読めぬようになってしまわれるのだ。五年も夫婦《めおと》をしておられたというに、情けなかろう。何も隠さず、まずは文一郎《あるじ》どのに申されてみられよ」

「…………」

十左衛門に励まされて、芳乃は何か言いたげに襖に目を上げたが、やはり物言わぬ襖の向こうが怖いのだろう。しばらくすると、うつむいてしまった。

「相判った」

誰に言うともなく、そう言ってうなずくと、十左衛門は芳乃に向けて優しく訊いた。

「また与野の……、妻の話になるが、よろしいか？」

「はい」

芳乃はこくりとうなずいて、親の話を懸命に聞こうとする子供のように、邪気のない目を向けてくる。

その黒い瞳に勇気をもらって、十左衛門は私事《わたくしごと》を語り始めた。

「生まれつき妻が病弱であったことは、先《せん》にも申し上げたと存ずるが……」

与野はごく幼い頃から病弱だったそうで、十左衛門とようやく添うことができてからも、何かと病弱な自分を卑下して周囲に遠慮するようなところがあった。

武家の妻は、お家をつなぐ跡継ぎを産《う》んで、ようやく婚家に堂々と根を下ろすようなところがある。

与野も武家女の他聞に漏れず、十左衛門の子を産みたいと必死な思いでいたようであったが、嫁に来て十年を越えて、三十歳を過ぎても、いっこうに子ができる気配は見られなかった。

そんな状況を目にして、武家の親類縁者が黙っている訳がない。

やれ「早く、側室《そくしつ》を持て」だの、「側室を持たぬなら、養子を取れ」だのと、騒がしく言ってくるようになったのである。

その小煩《こうるさ》い輩《やから》から妻を守ってやらねばと、十左衛門は常に自分が矢面《やおもて》に立って、与野を庇ってきたつもりであった。

「だがどうも、そうして庇えば庇うほど、かえって肩身の狭き思いを強《し》いていたようでございましてな……」

六年前の冬、それは与野が亡くなる三日前のことであったが、病床についていた与野が申し訳なさそうな顔をして、突然、こう言ったのである。

「……本当に、至らぬ嫁でございました」

何を言い出したかと、驚いて聞き返せば、

「武家の妻として、子も産まず、側室も用意せず、養子の手筈《てはず》も整えぬまま、こうして寝たきりになるなどと、私は、本当に……」

と、与野はとうとう泣き出して、おそらくはこれまで泣かずに我慢していたその分の涙が、しばらくの間どうにも止まらなかったのである。

「あれほどに引け目を感じさせるくらいなら、側室は無理でも、養子くらいは決めてやればよかったと、今でも悔いておりましてな。早々に養子を決めて、幼い男児でも育てておれば、それがかえって母としての励みとなり、寿命もたんと延びていたやもしれぬのにと……」

だが当時の十左衛門には、与野の本音を聞き出してやることも、自分の本音をサバサバと口に出して言うこともできなかった。

与野はまだ三十を少し過ぎたばかりである。自分と同様、子を産むことをまだあきらめたくはなかろうし、第一、夫の自分が「養子を取ろう」などと言い出せば、まるで子のできぬ与野を責めているみたいに聞こえるかもしれないと、そうも思った。

「拙者には、他家に嫁に出た妹がおってな。それがまた子沢山《こだくさん》で、家を取る長男のほかにも、まだたんと息子がおるのでござる」

その可愛い甥たちが、家を継ぐ長男以外は、皆ぐだんの『厄介』となる。

伯父《おじ》の自分が養子として引き取って、妹尾の家を継がせられる人数は、そのうちのたった一人だが、それでもその一人の甥だけは、将来《さき》の不安な『厄介』の身の上から救うことができるのだ。

「なにせ可愛い甥たちゆえな、拙者が屋敷に来る者は、誰でもよいのさ。それゆえ、もし拙者が声をかけるより先に、もそっと良い養子の先が見つかれば、そちらがほうへ行けばよい。妙な言いようにはなるが、家に残った誰ぞが来てくれれば、それでよいのだ」

正真正銘、血の繋がった妹の子供たちであるから、いつでも養子縁組して、跡継ぎにすることができる。

与野を傷つけないためにも、とにかくギリギリの時期になるまで養子は取らなくていいと、十左衛門は楽天的に考えていたのである。

「だが一方、妻は妻で、拙者に気を使ったらしゅうござってなあ」

懸命に妻の自分を庇って、親類に楯突く夫に、「もう自分たちの子供はあきらめて、誰か養子をもらいましょう」などとは言い出せなかったらしいのだ。

「お互いに遠慮せず、思うたままを口に出しておれば、与野にああして泣かれることもなかったであろうにと、時折まこと口惜《くちお》しゅうござってな」

もう与野は帰らぬゆえ、こうして自分は後悔を抱えたまま、生きていくのであろうがと、十左衛門はそこで自分の話は止めて、「芳乃どの」と、改めて向き直った。

「与野とは違い、まだ文一郎《あるじ》どのは、この襖の向こうにおられるではないか。お互い何を思うているかなど、口に出さねば、結句、判らぬ。悔いの残らぬよう、思いきって話してみられよ」

「……はい」

芳乃はやはり蚊《か》の鳴くような声ではあったが、その声の小ささとは裏腹に、目には力が宿っていた。

「文一郎さま」

閉じた襖に真っ直ぐに顔を上げて、芳乃は話しかけた。

「私《わたくし》、誓って、庫之丞さまと密通などしてはおりません」

「…………」

だが中からは、返事はない。

それでも芳乃は襖に上げた目を離さずに、どんどん次を続けて言った。

「ですが、もし毛ほどにも疑わしく見えたのでしたら、それは私が十一の頃より正式に『三枝の人間』にしていただけたことへの、後ろめたさにあるのやもしれませぬ」

そもそも芳乃は実家の竹野家では、絶対に家は継げない四女であった。

婿を取り、竹野の家を継ぐのは、長女の姉である。そのことは、すでに芳乃が生まれる前から決定していたことであった。

「私は、実家では四女で『厄介』でございましたから、こちらに嫁がせていただけて、本当に運がようございました」

武家においては、家を存続させていくために必要な当主夫婦と嫡子夫妻にあたる者だけが、正式に「家の禄を食《は》む」資格のある人間なのである。

それ以外の家族、つまり家を継ぐ資格のない次男以下や次女以下は、早い話が「居《い》候《そうろう》」で、むだに家の飯を食して減らす存在なためか、古来より武家社会の間では『厄介』と呼ばれるのだ。

その竹野家の厄介であった自分が、嫁として三枝家に引き取られた途端、厄介の身分から解放されたのである。

おまけに、いざこの家で暮らしてみると、優しい姉や兄がいっぺんにできたかのように、皆して可愛がってくれる。大好きな姉のような奈江が嫁に行ってしまった時は哀しかったが、まだ優しい兄たちがたくさん残っていたのである。

「私、昔は、皆さまのことを『奈江姉さま』とか『文一郎兄さま』とか、そのようにお呼びしていたではございませんか。あの頃は、ただ皆さまのお仲間に入れていただけたことが嬉しくて……」

だが奈江が嫁に行き、次男の庄次郎までが他家へと婿に出てしまうと、三枝家は寂しい感じになった。これまでは、あたかも五人兄妹の末っ子のような心持ちでいられたのだが、中の二人が抜けてしまうと、単純に「兄妹」とは思えなくなってきたという。

「元より私、『文一郎兄さま』のことは、少うし別でございました……」

襖に向かって芳乃が言ったその一言に、十左衛門は思わず目を上げた。

そっと芳乃の横顔を確かめてみれば、わずかにではあるが、頬が赤いようである。

十六歳のその芳乃に、まるで我が子を見守る父親のように、「その調子だ。頑張れ！」と心で助太刀をしていると、その十左衛門《こちら》の願いが通じたか、芳乃はもう一歩の勇気を出したようだった。

「文一郎兄さまは、私がここに来た頃にはすでに二十歳におなりでしたし、いつでも静かにお喋りになられて、お優しくて、大きくて……」

対して二歳しか違わず、当時まだ十三歳であった庫之丞は、一緒に庭の木に登ったり、「竹馬にも乗れぬのか？」とからかわれたりしながらも、実に気軽に付き合える遊び仲間だったのである。

「でも『庄次郎兄さま』が家を出られてしまってから、『庫兄《くら》さま』は少し変わられておしまいになりました」

芳乃にもしょっちゅう愚痴をこぼすようになってきて、「おまえは嫁で『正当な筋』だからよいが、俺は三枝《さえぐさ》家の唯一の『厄介』ゆえな」と、だんだん僻《ひが》むようにまでなっていたのである。

「厄介の身の辛さは判りますから、何だか私、自分一人が『狡《ずる》』をしてこの家に入り込み、庫兄さまの居場所の分を横取りしてしまったような気がいたしまして……」

奈江や庄次郎がいた頃からは一変して、芳乃は庫之丞に常に気を使うようになっていたという。

そうして、ことに自分と文一郎の祝言の話が両家の間に持ち上がってからというもの、庫之丞は、いよいよもって「ささくれ立って」きたというのだ。

「庫兄さまが少しでも嫌なお心持ちにならないようにと、私なるだけ祝言のことは、口には出さぬようにしておりました。それでも何かで義父上《ちちうえ》さまが、先の祝言のことをお口にされると、つい、嬉しくて……」

そうしてつい気持ちがはしゃいでいたところを庫之丞に見透かされて、嫌味を言われたこともあったという。

「ですから私、庫兄さまと密通だなんて、絶対に……！」

と、芳乃が声を大きくして、襖に訴えかけた時である。

その襖が中からスッと引き開けられて、文一郎が仁王立ちに立っていた。

「なれど、そなた、庫之丞がことだけは、そうして『庫兄さま』と呼ぶではないか」

「え……？」

「昔から、ずっとそうだ。私がことは『文一郎兄さま』と呼び、庄次郎がことも『庄次郎兄さま』と呼ぶくせに、あいつにだけは『庫兄さま』と、それも今だに呼び続けている。だから、私は……！」

「文一郎どの」

横手から声をかけたのは、十左衛門である。

「『兄さま』と呼ばれとうないゆえ、庫之丞どのは荒れておったのであろうよ」

「…………」

うつむいて黙り込んだ文一郎に、十左衛門は続けて言った。

「そも、ご貴殿のことだ。この離れの中にいて、それでもおおよその『察し』はついて、事情は読めていたのであろう。それをなぜ、無理に嫁御を遠ざけて、泣かせるような真似をなさる？　『厄介』の身である庫之丞どのへの憐憫《れんびん》か？　それとも長子が何もかも、家督どころか芳乃どのまでをも一手に掌中《しょうちゅう》にできることへの懺悔《ざんげ》のおつもりか？」

「……くっ……」

襖の前、そそり立っていた文一郎が、膝を折ってしゃがみ込み、丸くなった。

「文一郎さま……」

その丸めた背中を、すでに泣いている芳乃が精一杯に撫でさすってやっている。

よく見れば、文一郎も泣いているのであろうに、やはり頑固に声も嗚咽《おえつ》もいっさい漏らさぬのであった。

九

一件の処分の目星があらかたついて、十左衛門がその報告のために、小出信濃守の下部屋を訪ねたのは、半月後のことである

「ほう。なれば、庫之丞とやらは、もう命の瀬戸際は抜けられたということか」

「はい」

十左衛門も、明るい顔でうなずいた。

「正面を袈裟《けさ》斬《ぎ》りにされておりましたので、斬られた左肩の腱《けん》が元通りになりますかどうか、そのあたりが今の懸案だそうにございまする」

「さようか……」

左手が使えなくなるか否かは、庫之丞の一生だけではなく、文一郎の一生をも左右する。

公事方御定書の第七十一条には、

「口論のうえ人に疵付け、片輪にいたし候もの、中追放。

ただし渡世も成り難きほどの片輪にいたし候ものは、遠島」

と、そうあるのだ。

「して、刃傷の事実《じっ》のところは、いかようであったのだ？」

小出信濃守の問いに、十左衛門は説明をし始めた。

「やはり『果たし合い』のごとき様相ではあったようにござりまする」

まだ暗い暁の七ツ刻（午前四時頃）のことである。

ふと目覚めた文一郎が厠に行こうと、縁側を奥へと歩いていくと、その途中の暗がりに庫之丞が立っていたのだという。

だが、その立っていた場所が悪かった。庫之丞が佇《たたず》んでいたのは、道でいえば「追《おい》分《わけ》」ともいえるあたりで、庫之丞が眺めていたその先の廊下は、三枝家の女人たちが住まう奥の棟に続いているのだ。

母もなく、長女の奈江もいない今、この先に寝間を持っているのは、女中たちの他は『芳乃』ただ一人である。

かねてより文一郎は、弟・庫之丞が芳乃を憎からず想っているのに気づいていたため、夜明け前のこの時刻に、いかにも物欲しそうな顔をして奥の廊下を見やっていた弟を、このまま見過ごしにすることはできなかった。

「何をしている?」

そう言った第一声は、おそらくひどく尖《とが》っていたのであろうと、文一郎自身も認めている。その文一郎の喧嘩腰の物言いは、そのまま庫之丞に伝播して、双方とも引かず、睨み合いになった。

「芳乃はいただいてまいりまする。兄上は、誰ぞ別の嫁を得て、ご家督をお継ぎになられるがよろしいかと……」

「…………!」

改めて気がつけば、庫之丞は外出の支度を整えた格好で、「ならば、芳乃と手に手を取って、このまま駆け落ちするつもりか!」と、文一郎はいつもの自分らしくもなく、瞬間的にカッと激怒したのだという。

「ふざけるな!　芳乃《あれ》は私の嫁だ!」

これほど怒《いか》ると声が震えて、うまく言葉にならないということを、文一郎は生まれて初めて思い知ったそうである。

すると庫之丞はひどく嫌な顔をして、こう反論してきた。

「『あれ』などと……。第一、芳乃は兄上には、一等、懐《なつ》いていないではございませぬか」

「…………！」

カッとなった文一郎は、庫之丞の横っ面を叩いた。

すると、それに激怒した庫之丞が自分の腰から大刀と脇差の二振りを抜いて、その一方の大刀のほうを、文一郎に差し出してきたのだという。

「ではそれで、果たし合いとなったか……」

一連の話を聞き終えて、重いため息をついてきた小出信濃守に、十左衛門はうなずいた。

「はい」

自分は先々、道場では『師範代』を目《もく》されている男だ。どうぞ兄上のほうが大刀をお使いくださいと、剣の腕を馬鹿にされたことも、文一郎の怒りを増幅させたという。

「ただ一刀、腕の立つ庫之丞が、正面からの袈裟斬りで自分に斬られましたのが、文一郎には、後でこたえたようにござりまする」

いつになく逆上していたから、最初はその事態の意味が判らなくて、ただ夢中で刀を振り下ろしただけだったらしい。

だが自分の決して上手《うま》くはない袈裟斬りで、庫之丞が血まみれで床に沈んでおり、その弟の目に涙が薄っすらと浮かんでいるのを見て、ようやく庫之丞の本心が読めてきたのだという。

生涯、口が裂けても庫之丞には訊けないが、自分と芳乃の祝言が決まったことで、庫之丞は世を儚《はかな》み、殺されるつもりで、わざと自分に喧嘩を売ってきたのではないかと、文一郎は今でもそう思っているようである。

「『庫之丞の左手が、治るか否か』にはよりましょうが、もし身体が元に戻って、お咎《とが》めが無しになっても、文一郎は自分を廃嫡《はいちゃく》にしてもらい、庫之丞に家督を譲るつもりでいるようでござりまする」

御定書の通りになって『中追放』や『島流し』と決まればそれまでだが、庫之丞の身体が戻って万事が無事に済めば、三枝家の領地の一つである相模《さがみ》の地に屋敷を建てて、そこで領主家としての仕事をしながら、妻である芳乃と二人で暮らそうと思っているそうである。

「なれば、まあ、中追放になったとて、嫁だけはついてくるということか……」

「はい。さようでございましょう」

あの芳乃の嬉しそうな顔が、目に浮かんでくるようである。

遠くに海が見えるというその相模の地に、芳乃が『文一郎《あるじ》どの』とともに住めるその日を、十左衛門は祈るのだった。

第二話　番《ばん》の御役

一

雲一つない晴天の朝であった。

まだ朝の六ツ半（七時頃）を過ぎたばかりだというのに、夏らしく、すでに陽の強さが増していて、今日も一日、暑くなりそうである。

その紺青《こんじょう》の空を仰いで、十人いる目付の一人、蜂谷新次郎勝重《はちやしんじろうかつしげ》は、大きく胸を開いて深呼吸を二つ繰り返した。続けて首を前後左右に倒したかと思うと、腕や肩をまわしたり、足の屈伸をしたりと、丹念に身体のあちらこちらを解《ほぐ》している。

その準備運動が、次第、本格化し始めて、「ふん、ふん！」と鼻息荒く、腰を左右にひねったり、その場で駆け足の足踏みをし始めたりしているのを遠くから眺めて、呆れたようにため息をついた者があった。

別の目付の一人で、今年四十になった蜂谷よりは五つ下の、清川理之進政義《きよかわみちのしんまさよし》という三十五歳の男である。

今、二人は半蔵御門外《はんぞうごもんそと》にある幕府直轄の広大な馬場に来ているのだが、今日はこのあと朝五ツ（午前八時頃）から、幕府の武官である番方《ばんかた》の役人たちによる武芸披露《ぶげいひろう》が行われるのである。

目付である蜂谷と清川はその武芸披露に立ち会って、番方の者たちが日頃どれだけ鍛錬を積んでいるか、いざという際、「幕府の軍隊」として機動できる状態をしっかり保っているものか否か、そうしたことを審査しなければならない。

つまり自分たち目付は「見分」の立場にあるため、それなりの威厳を持って番方の者たちに接するべきだと清川は考えているのだが、前職が番方で武芸自慢の蜂谷は、今日のように武芸見分に来るたびに自然わくわくしてしまうのか、目付らしくもなく、ああして身体を動かさずにはいられないらしい。

今も蜂谷は「ほっ、ほっ、ほっ！」と、まだ腿上《ももあ》げのような足踏みをし続けて、いつにも増して潑剌《はつらつ》と、実に楽しそうである。

仕方なくその蜂谷に近づいていくと、清川は批判の色をそのままに口に出した。

「蜂谷さま。一体、何をなさっておいでで？」

「おう、清川どの。来られたか」

だが蜂谷には清川の嫌味など、端《はな》から感じ取れないらしい。しごく機嫌のよい顔を、目付仲間の清川に向けた。

「いや、今日はまた、馬に乗るにも、弓を引くにも、まこと絶好の日和《ひより》でござるな」

ようやく足踏みの運動を止めると、蜂谷は広大な馬場を、彼方《かなた》のほうまで見渡した。

半蔵御門外のこの馬場は、正式には『騎射調練馬場《きしやちようれん》』と呼ばれる幕府の御用地で、隣接している町人街の麹町《こうじまち》一丁目と二丁目をすべて合わせた分よりも、なお広い敷地面積となっている。

『騎射』というのは、騎馬のまま弓を構えて的を射る、難しい武芸の一つである。

この騎射を、数ある武芸のなかでもことさらに気に入っていたのが八代将軍・吉宗公で、以来、番方の者たちは、ことに騎射を修得すべく、馬術と弓術の鍛錬に力を入れるのが主流となった。

毎年十一月頃には、江戸城内『吹上庭園《ふきあげ》』の一画にある馬場で、『騎射挟物御覧《はさみものごらん》』という、番方の武士が馬上から板や扇《おうぎ》・紙などの的を射る射芸を上様にご覧いただくのが、通例行事となっている。

その上覧に出場させる熟達者を選出するためもあり、今日は『書院番《しょいんばん》』と『小姓組番《こしょうぐみばん》』という二つの番方の者たちが、騎射や弓術の腕を競い、それぞれの長官である『書院番頭《ばんがしら》』や『小姓組番頭』たちの面前で武芸披露をすることになっていた。

書院番も小姓組番も幕臣の旗本が就任する役なので、目付としては、こうした武芸披露の場に立ち会えば、番方の皆が日頃どれだけ勤勉に「武官」としての務めに取り組んでいるかが見て取れる。

これは目付方ばかりではなく、幕臣全体を統轄する若年寄方にとっても同じことで、時折ではあるが若年寄方からも「見分」が入ることがあった。

ことに今日などは若年寄方の首座である小出信濃守が見分に来る予定であったのだが、その信濃守は数日前から体調を崩して城にも出勤できずにいるそうで、今日は代理で、次席の若年寄である松平《まつだいら》摂津守《せっつのかみ》忠恒《ただつね》が来ることになっていた。

ほどなく五ツになり、その松平摂津守も到着して、まずは騎射ではなく、弓術の演技の披露が行われることになった。

それというのも上様に上覧していただける武芸披露の一つに、『大的御覧《おおまとごらん》』という、馬には乗らず地に足をつけた状態で的を射る、いわゆる歩射《ぶしゃ》の披露があり、そちらのほうの練達者も騎射と同様、選んでおかなければならないからだった。

大的というだけあって、的の直径は五尺二寸（約百五十八センチ）もある。

だが的が大きい分、三十間《けん》（約五十四メートル）も離れた場所から狙わねばならず、おまけに六射するのを三回も行うため、腕の疲労や集中力の持続との戦いとなり、見事、全射的中させるには相当な鍛錬が必要であった。

とはいえやはり馬を乗りこなしつつ的を射る騎射に比べれば、大的の歩射のほうが簡単で、馬のない分、見た目にも華やかさがないため、上様に御覧いただく際には、的中率が八割以上の手練者《てだれ》ばかりを是非にも揃えなければならなかった。

今日などは若年寄の列席もあるため、書院番方も小姓組番方も、それぞれすでに優等な者を選んで準備している。

まずは書院番方から、大的の歩射の披露が始まった。

「御書院御番《おばん》一組、戸山助七郎重長《とやますけしちろうしげなが》にござりまする」

高らかに名乗りを上げて、一人目の戸山という書院番士が弓を構えた。

六射して、六射的中。

「おう！　見事である」

さっそくに若年寄・松平摂津守より有難きお声がかかり、戸山本人はむろんのこと、馬場にいる者たちの士気が、一気に上がった。

まずは一人が六射ずつ、順に十名の射手が大的を狙って矢を放っていき、その十名が一巡すると、すぐに続けて二巡目の六射、それが終わると三巡目、という具合に、次々と矢が放たれていく。

今日の大的歩射の披露には書院番方から十名、小姓組番方からも十名と、合計二十名の番士が出場する予定で、今は書院番方の十名が行っているのだが、一人目の戸山助七郎をはじめとして、十名全員なかなかに良い成績であった。

「戸山助七郎、皆中《かいちゅう》！」

進行役をしていた書院番の組頭《くみがしら》の一人が、誇らしげに声を上げた。

『皆中』というのは、六射ずつ三回、十八射すべてが的中したということである。

「三井源兵衛《みついげんべえ》、皆中！」
「小笹柾五郎《こざさまさごろう》、十六射、的中！」
「滝田重蔵《たきたしげぞう》、十七射、的中！」
「添島鉄太郎《そえじまてつたろう》、皆中！」

この伝で、書院番方十名のうち六名が見事に皆中し、他の四人も外したのは一射か二射にとどまるという、実に見応えのある結果となったのである。

だがそんな書院番方の番士に比べ、小姓組番方の十名は、いささか見劣りのする成績であった。

　皆中したのは、わずかに一名。

　一射外して十七射的中したのも、たった二名で、二射外しが三名、三射外しと四射外しが二名ずつと、大的御覧で目標とされる八割を大きく割る者が多々現れてしまったのである。

「ふむ……。この体《てい》では、『大的御覧』には出せまいて」

　ぽろりと本音を口にしてしまったのは、若年寄の背後から武芸披露を見分していた目付の一人、蜂谷新次郎である。

「蜂谷さま！」

　横手から清川が慌てて小声で諫めたが、後の祭り、蜂谷の声は若年寄の摂津守ばかりか、自分たちの配下の活躍を祈るように見つめていた番頭や組頭たちにまで聞こえてしまったようだった。

　小姓組番方のほうの番頭たちであろう。若年寄の面前で取り立てて非難されたことを恨んでか、居並んだうちの幾人かが、蜂谷をじっとりと睨んでいる。

　すると進行役をしていた組頭の一人が、場の空気を変えんとするかのように、次に披露する武芸の名目を読み上げた。

騎射である。

こちらのほうは歩射よりも、さらに数段、難しい射芸であるため、とてものこと「的中率、八割」などと及第点を高く設定する訳にはいかないが、今年もおそらく十一月頃に行われるであろう『騎射挟物御覧』に向けて、少しでも的中の成績のよい者を揃えておかなければならない。

先ほどの大的歩射と同様、まずは書院番方のなかから選ばれた十名が、広大な馬場を駆け抜けながら、馬上から扇の的を狙って、次々と射掛けていった。

今日の披露では、一人に三度、騎射の挑戦が許されている。

だが先ほどの歩射とは違い、十名が一巡しても一人も当たらず、二巡目でようやく一人が的の端を射ることができ、三巡目では二人が扇を落とせたものの、うち一人は「扇を射た」というよりは、端《はし》を掠《かす》めてぐらりとさせて何とか落としたという、ちと情けないものだった。

おまけに、それは小姓組番方のほうでも、ほぼ同様であった。

一巡目は、かろうじて掠った者が一人と、当たって扇を落とせた者が一人ずつ。

二巡目などは誰も掠りもしないほどで、三巡目でようやく二人ばかり当たったが、その合計四人のうちの誰一人として、二射成功した者はいなかったのである。

たしかに騎射はことに難しいものだから、先ほどの大的歩射のようには、そうそう上手《うま》くはいかないだろうとの予測はできる。

だが仮にも、今、射手として出た合計二十名の者たちは、他の番士たちに比べれば筋が良いから選ばれて出たはずで、その者たちがこの体《てい》たらくでは、十一月の騎射挟物御覧が思いやられるというものである。

見れば、若年寄の摂津守も、大的歩射を見分していた先ほどとは一変して、ひどく険しい顔になっている。

するとその沈鬱な場の空気を蹴散らすように、小姓組番方の組頭の一人が見物の席から馬場に出て、戻ってきた配下から馬と弓とを借りると、颯爽と馬上の射手となって名乗りを上げた。

「御小姓組・八組組頭、麻野鋭次郎貴兼《あさのえいじろうたかかね》にございます。ただいまより『騎射挟物』を六射ほど、相続けて、仕留めさせていただきとう存じまする」

自分は規定回数の倍の六射を、すべて命中させて見せるというのである。大きく出たこの小姓組番の組頭に、だが若年寄・松平摂津守は身を乗り出して声をかけた。

「おう、麻野鋭次郎か！」

「ははっ」

実はこの三十歳の「麻野鋭次郎貴兼」は、まだ十代の頃から幾度か『騎射挟物御覧』に出場して、そのたびに素晴らしい成績を残した騎射の名手なのである。

だが武芸の上覧においては、たとえどんな名手であったとしても、同じ面々があまりに何度も重ねて参加することはできない決まりになっていた。

若干名の手練者ばかりが毎度出場していては、その他の番士たちが端《はな》から選出されるのをあきらめてしまい、日頃の鍛錬を怠ってしまうからである。

麻野鋭次郎は家禄千八百石もの大身《たいしん》旗本であるのだが、小姓組の平《ひら》番士になったばかりの十七歳の頃から騎射の腕前が目覚ましく、その十七の年に初めて騎射挟物御覧に出場して二射も当て、上様や上《うえ》つ方《かた》のお歴々を驚かせたかと思うと、次の十八の年には数いる出場者のなかで最年少ながらもただ一人「皆中」を果たし、翌年の十九歳の時にも、やはり唯一「皆中」していた。

だが、その麻野も二十歳になり、「さすがに十代の頃とは違うゆえ、特別扱いをして今年も続けて出場させる訳にはいかないだろう」との判断があったようで、その後はわずかに一度、まだ平の番士であった二十三歳の年に出場しただけであった。

とはいえ、その七年前も、麻野鋭次郎は当然のように皆中している。

そんな昔を思い出して、松平摂津守は、すっかり機嫌を直したようだった。

「なれば、鋭次郎。ちと久しぶりに、胸の空《す》くあの『皆中』を見せてくれ」

「ははっ」

馬上のまま、美しく一礼すると、麻野はクッと手綱を引いて馬を反転させ、長い馬場を走らせ始めた。

的の前、ビュッと、麻野が矢を放った。

「おう！」

矢は見事、扇のど真ん中を射抜いて落ちていく。

ビュッ！

二射目、麻野の放った矢は、またも何《なん》なく扇の的の中央を射抜いて、落ちていった。

そして次、三射目のことである。麻野は自分の配下に命じ、的の挿《す》げ替《か》えを行っていた。

麻野が射抜こうとしているのは、ひらひらと風に揺れる半紙である。竹の挟み串の先に半紙をつけさせて、扇の代わりに騎射の的にしようというのだ。

扇とは違い、半紙は柔らかく軽いため、少しの風でも動いてしまう。半紙を挟んでいる要《かなめ》部分である、竹串のすぐ上のあたりに命中するようにしなければ、矢の風圧に負けてなびいてしまうのは、必定《ひつじょう》であった。

ビュッ！

「おう、見事ぞ！」

大きく声を上げたのは、若年寄・松平摂津守である。

そうして四射目、五射目、六射目も難しい半紙を射抜いて、宣言通りに「皆中」し、そのあまりの鮮やかさで、麻野鋭次郎は見事、自分の配下である小姓組番士の不出来の穴を埋めることに成功したのであった。

一方、その麻野の活躍を目にして、「こちらも配下の不出来を補わねば！」と焦り、かえって損をした形になったのは、書院番方の組頭の一人、西山三左衛門恒親《にしやまさんざえもんつねちか》である。

西山は知る人ぞ知る「歩射の達人」で、今回の大的歩射の披露で書院番方が皆中を多く出せたのも、西山が配下の者たちに地道に稽古をつけていたからである。

それゆえ、いざ小姓組の麻野のように「自分もやはり、何ぞか武芸《わざ》をお見せして……」と考えた際、西山の頭に浮かんだのは歩射の一芸であった。

先ほどの大的歩射より何倍も難しい、『遠的《とおまと》』という射芸である。

大的歩射の際の三十間の上をいく四十間（約七十二メートル）も先に的がある上、その的の大きさも五尺（約百五十一センチ）と、五尺二寸の大的よりも小さくなるのだ。

このわずかな的の差が、四十間も先から狙うには、大きな差となってくる。

だがそれは、実際『遠的』に挑戦した者にしか判らず、たとえば今ここにいる若年寄の摂津守のように傍《はた》から見物しているだけでは、その難しさはいま一つ伝わってこないのだ。

おまけに西山は、さっきの麻野鋭次郎を意識して、「自分も六射する」と豪語してしまった。

だが、高い技術と集中力を要す麻野の騎射とは違い、遠的は、技術や集中力もさることながら、主には肉体的な限界との戦いのような射芸である。六射も続けて遠的などしようとすれば、腕や肩、背中などの筋肉が次第、悲鳴を上げてくるのは必定であった。

西山三左衛門恒親は、今年で齢《よわい》四十である。

射るごとに腕や肩にくる筋肉疲労と懸命に戦いはしたが、最後の一射、六射目で、とうとうわずかに的に矢が届かなかった。

「…………」

いささか白《しら》けた顔をして、みじめな西山から目をそらせていったのは、小姓組番方の者たちばかりではなく、若年寄の松平摂津守も同じであった。

こうして書院番方の西山は、麻野の騎射で盛り上がった場を見事に白けさせてしまい、気の毒ではあるが、すっかり男を下げてしまったのだ。

不測にも「麻野」対「西山」の様相になってしまった今回の武芸披露、つまりは小姓組番方の圧勝で、幕を閉じたのであった。

二

書院番と小姓組番。そもそもこの二つの番方は源流を一つにしていて、いわば「兄弟」ともいえる関係にあった。現に書院番と小姓組番は、二つ合わせて『両番《りようばん》』と呼ぶのが普通になっているくらいである。

そのうち「兄」にあたるのは、書院番のほうであった。

江戸幕府のごく創成期、二代将軍・秀忠《ひでただ》公がご自身の親衛隊として設立されたのが書院番で、その後、三代将軍・家光《いえみつ》公がご家督を継がれる頃に、書院番のなかから「小姓組」という名称で六組の小隊が特別に分けられたのである。

だがこの時、いわば「弟分」として分けられてできた小姓組の番士に選ばれたのは、秀忠公と家光公の二代を通して徳川家に仕えてきた譜代忠臣といえる家系の者たちであった。

対して当時、書院番方のほうに残されたのは、秀忠公が自分の親衛隊を増強するために、滅亡した戦国大名の旧家臣の家系のなかから「この人物ならば」と声をかけて徳川家の家臣にした、実力はあるが譜代ではない、中途採用的な者たちが大多数だったのである。

それゆえ三代・家光公以後も、「歴史的に重みがあり、実力もあるのは書院番」で、「将軍により近いのは小姓組番」という風に、それぞれに自分の番方のほうに誇りを持って続いてきた感がある。

おまけに「どちらが上」とも甲乙がつけ難い理由の一つに、役高がぴたりと同じという事実があった。

両番は書院番方も小姓組番方も、同じく十組の小隊が集まって構成されている。

一つの組には長官である『番頭』が一名、それを補佐する『組頭』が一名と、その下に平の『番士』たちが五十名おり、役高は、番頭が四千石、組頭が千石、平の番士が三百俵と、人数の構成も役高も、両番はすべて同等となっていた。

唯一の違いといえば、書院番方の組には番士の下に、御家人身分の与力が十人と、同心が二十人、追加されていることである。

これは書院番方のほうにだけ、一年交替で一組ずつ駿府《すんぷ》城の警固の役目が課せられているからで、それを除けば江戸城内の警固や江戸市中の巡回など、どちらも上様の親衛隊として「番の御役」を務めることに何の違いもなかった。

この、あまりにも上下優劣をつけ難い両番のありようが、今回は仇《あだ》となった。

西山三左衛門を「歩射の師匠」と慕う書院番士たちと、麻野鋭次郎を「上つ方の覚えもめでたい頼もしき組頭」と自慢に思う小姓組番士たちの間に、あからさまな対立の構図ができあがってしまったのである。

あの武芸披露の最後で、自分たちの組頭であり歩射の師匠でもある西山三左衛門が恥をかかされたことに腹を立てている書院番士たちは、その原因《もと》を作った小姓組組頭・麻野鋭次郎に、少なからぬ恨みを抱いていた。

「麻野さまのああしたご行動は、猟官運動のための武芸自慢に他ならない。今回は摂津守さまがご列席であったゆえ、端《はな》っから騎射自慢の機会を窺っておられたに違いないのだ」

「さよう。そも大的歩射においては、我ら書院番方に明らかな『勝ち』があったではないか。それを最後に無理くりに、小姓組がほうに手柄があるように見せるなど、まこと『卑劣』というものであろうよ」

などと、自分たち書院番方の内部《なか》だけに収めず、外部《そと》でも平気で言い立てたものだから、小姓組番士たちもおとなしく黙っている訳がなかった。

「『遠的』と『騎射挟物』では、難しさの格が違う。かような、ただの力自慢と、麻野さまのご騎射の技を、並列に比べられるだけでも心外だ」

と、いよいよもって西山の遠的の技を、口にも出して馬鹿にしてきたのである。

この両番両者のいがみ合いは、目付方の耳にも当然のごとく入ってきた。

幕臣が、そうした下らぬ悶着を起こしているとなれば、それは目付の指導や監察の対象になる。

その上に、実は先日の武芸披露が終わった直後、蜂谷と清川の二人は若年寄・松平摂津守に声をかけられて、

「両番の者らに『騎射の鍛錬を強化するよう』よくよくと申し伝え、その上で、以後も怠惰に流されることなく修練に励むよう、監察を続けてくれ」

と、直々に命《めい》を受けたのである。

目付二人で相談の上、「蜂谷が書院番方を、清川が小姓組番方を」と、とりあえずは手分けして担当することになった。

しかして今日、蜂谷新次郎は、日頃から書院番士たちが鍛錬の場として使用しているという、幕府直轄の『高田馬場《たかたのばば》』を訪れていた。

東西方向・二百間（約三百六十メートル）、南北方向・二十五間（約四十五メートル）と、坪数にして五千坪もの広さがある高田馬場は、周囲を畑に囲まれた高田町のはずれにある。

その高田馬場で蜂谷は、西山をはじめとした書院番方の者たちを前に、まるで馬術の師匠のごとく話をしていた。

「『弓』がほうは、なにせ西山どのがおられるゆえ、何の心配もなかろうからな。あとは『馬』でござる。とにもかくにも、馬に味方をしてもらえるよう、人馬、心を一にすることが先決でござろうて」

「はい」

西山をはじめとして皆で揃って蜂谷の前に集結し、もうすっかり打ち解けているようである。

清川がこの様子を目にすれば、間違いなく「目付としての自負も威厳もなさ過ぎる」と、眉をしかめることであろう。だが蜂谷自身は、こうして自ら武術の指導をすることに、躊躇も疑問も抱いてはいなかった。

武官である番方の者が武術に秀でていないのでは、「いざ、戦《いくさ》」という際に、上様やひいては幕府を護ることはできない。番方のお役に就いた者に、武術の鍛錬の方法を指導してやることも、幕臣を監察し管理する目付方としては大切な仕事だと、蜂谷はそう考えていた。

「まずは朝夕、必ず厩《うまや》に顔を出し、声をかけて、『互いが互いの人馬である』ということを、有難く、嬉しく思えるようにならねばならぬ」

蜂谷の言う「厩」というのは、番士たちそれぞれの自宅の屋敷内にあるはずの馬小屋のことである。

それというのも書院番や小姓組番は、役高・四千石の番頭や、役高・千石の組頭はもちろんのこと、その下の役高・三百俵の番士たちも全員が旗本身分であるゆえ、騎射などの武芸で使う馬も、基本、自宅で飼っているはずなのだ。

だが実際のところ、自宅に馬を持っている旗本の大多数は、馬の世話など自分ではやらない。馬廻りの作業は、中間《ちゆうげん》か、せいぜい若党あたりが全部しているのが普通で、城への出勤時に旗本が馬に乗る際なども、馬が暴れて走り出したりしないよう、必ず馬には口取《くちとり》がついて歩いているのだ。

それゆえ、よほど武術の鍛錬を志している者でなければ、自分が出勤時に使用している馬ですら、思うように乗りこなすことができない。

馬術は馬との信頼関係がものを言うため、日頃から自ら世話をして可愛がったり、出勤や武術のための道具としてではなく、好きで乗ったり、触ったりするようにならない限り、騎射のように馬と呼吸を合わせることなどできないのだ。

「ほれ。騎射のことなど考えず、しばしの間、ただこうして馬と戯れてみられよ。それが存外、早道というものでござろうて」

皆を前にそう言うと、蜂谷はひらりと自分の馬に跨って、馬上の人となった。

「よーし、よし」

馬の首元を撫でるように叩いて声をかけると、そのまま静かに前進させる。見ている皆の前から離れすぎないよう、蜂谷は馬を、右に左にと旋回させたり、ぐるぐると円を描いて輪乗りをしたり、軽く後退をさせたりと、まるで自分の身体に繋がった足のように軽やかに扱って、馬のほうも愉しげな様子である。

「ほう……」

と、思わず声を上げたのは、西山三左衛門であった。

旋回や輪乗りもだが、ことに後退させることは難しく、馬に無理強いして後退させようとすると、嫌がって暴れて、振るい落とされかねないのだ。

西山は感心して、配下の番士たちとともにうなずき合って眺めていたが、つと思いついたか、自分も馬場に繋いだ馬のもとへと近づいていった。

「蜂谷さま。ちと拙者も戯れてまいりまする」

ひらりと馬に跨ると、西山も軽く馬を走らせ始めた。

と、番士たちも次々に自分の馬のもとへ行き、それぞれに馬の背を撫でてやったり、馬場を歩かせたりしている。

そんな皆の様子に、蜂谷は嬉しくうなずいた。

「さよう。そうして人間側《こちら》がゆったりと愉しんでおれば、自然、馬にも伝わって、いつ何時《なんどき》もこちらに味方してくれるようになりまする。騎射なども、馬にとっては、主人《あるじ》とともに遊んでいる風でござろうて」

そう言うと、蜂谷は自分が供として連れてきていた若党に命じて、弓と矢を持って来させた。

馬上のまま受け取ると、書院番方で用意してあった騎射の的に向かって、蜂谷は馬を走らせた。

ビュッ！

蜂谷の放った矢は、まるで吸い込まれていくように、的の扇のど真ん中に刺さって落ちた。

「おう！」

馬場のあちらこちらから、感嘆の声が上がる。

そうして蜂谷は、まるで書院番方の馬術指南役のように、その後も旋回やら輪乗りやら、皆に訊かれるままに教えてやるのだった。

三

書院番方で事件《こと》が起こったのは、その翌日のことであった。

西山が統率する五組の組下の番士で、徳田幾太郎《とくだいくたろう》という二十二歳の新参の者が、町場にある馬場にて、馬を暴走させて町人の出店《でみせ》を壊すという事故を起こしてしまったというのである。

「書院番方から、蜂谷さまに……」と、取り次ぎの表坊主が目付部屋まで文を届けにやってきて、事件を知ることになったのだが、目付部屋に居合わせた清川は、鋭く蜂谷のもとへと立ち入っていった。

「おう、清川どの。これを……」

蜂谷のほうは何の屈託もないものだから、ともに若年寄から直に命《めい》を受けた者どうし、一種の連帯感もあり、素直に清川に相談の体《てい》を見せる。

今ちょうど「ご筆頭」の十左衛門は別の案件の調査《しらべ》に出ていて、目付部屋におらず、相談することもできないのである。

「『采女ヶ原《うねめがはら》』の馬場でございますね……。蜂谷さま、まずはそちらに参りましょう」

「うむ」

急ぎ、供にする徒目付を数名呼び寄せると、蜂谷と清川は連れ立って、城を出るのだった。


清川が口にした「采女ヶ原の馬場」というのは、築地《つきじ》の木挽町《こびきちょう》にある町営の馬場であった。

つい二十年ほど前までは、松平采女正《うねめのしょう》定基《さだもと》という大名の屋敷があったところで、その屋敷が周辺の火災にて焼失した後、幕府によって、馬場として敷地が空けられ、采女正の屋敷自体は他へと移動になったのである。

「こうして火事が起こった際、広く空き地を設けておけば、次々と隣家に燃え広がらずに済むであろう」

と、いわゆる『火除地《ひよけち》』を兼ねた形で、馬場とされたのである。

とはいえ、幕府直轄の馬場は幾つもあり、相応に金もかかる。

そこに目をつけた木挽町四丁目の町人、通称「馬場守《ばばもり》・忠兵衛《ちゆうべえ》」という男が、馬場の清掃や管理を請け負う代わりに、馬場の一部を「助成地」として使わせて欲しいと、幕府に願い出てきたのである。

助成地として認められている場所には、茶店や蕎麦《そば》屋、菓子屋に薬種屋、果ては手踊りの見世物小屋や、遊興の射的場である矢場《やば》の店まで建てられて、馬場守の忠兵衛はそうした店から土地の賃料を取り、その上がりの一部で馬場の手入れをする清掃人を雇って管理しているのだ。

采女ヶ原の敷地は、実に九百坪ほどもあったが、馬場となって二十年が経つうちに、町人店の建つ「自称の助成地」は広がり続けて、実際に馬場として使える部分は、全体の半分くらいのものであった。

「おう……。ここに来たのは初めてだが、存外に狭いものだな」

采女ヶ原に着くなり、蜂谷はしみじみと感想を漏らしたが、たしかに日頃、幕府直轄の広大な馬場ばかりを見ているせいか、ここはひどく狭小で雑多な印象がある。

馬場ではすでに西山三左衛門と組下の番士が数人、目付方の到着を待っていて、他の目付ではなく蜂谷新次郎が駆けつけてくれたと判ると、あからさまに、ほっとした顔を見せてきた。

「蜂谷さま、清川さま。私の監督不行き届きで、まことに申し訳もございませぬ」

その西山にうなずいて見せてから、蜂谷はさっそくに訊ねた。

「して、西山どの。仔細のほどは？」

文には、ごく短く、あらましが書いてあっただけだから、実際にどんな事故が起きたのか、蜂谷や清川にはまだ判っていないのである。

「はい……。実は先ほど、うちの組下の番士《もの》らをまわらせまして、このあたりの者たちより、話を聞いてみたのでございますが……」

西山は、事件の詳細について語り始めた。

事故を起こしたという二十二歳の徳田幾太郎は、西山が組頭を務める五組のなかでは一番の新参で、騎射はおろか、単純な弓術も馬術も「まだまだ」という状態であったという。

それゆえに、非番の今日も自主的に、鍛錬を積もうとしたのであろう。高田馬場のような、日頃、西山ら上司や先輩番士たちの使う馬場ではなく、町営の釆女ヶ原までやってきて、供に連れてきた数人の家臣に見守られながら、馬を乗りこなす練習をしていたようだった。

「どうやら、ちと無謀にも、輪乗りや後退までしていたらしゅうございまして……」

「なんと……！」

小さくため息をついて、さすがに蜂谷も黙り込んだ。

輪乗りや後退というのは、馬にとっては負荷のかかる技である。

それでも輪乗りだけならば、円の内側にあたるほうの馬体に、騎手が自分の体重をかけ、手綱も上手《うま》く引いてやって調整すれば、馬がそれほど嫌がるということもないのだが、こと「後退」ばかりは、そうはいかない。

馬としては、自分の視界の行き届かない後方に下がるというのは恐怖だから、よほど騎手に信頼を置いていないかぎり「後退」などはせぬもので、それを無理やりしつこくやらせようとしたりなどすれば、馬は一気に馬上の人間が嫌いになり、大暴れして振り落としてしまおうとするのだ。

「実際、馬に何をさせて暴れたものか、仔細は判らないのでございますが、馬を見慣れたここらの町人の申しますには、大分《だいぶん》に危うく見えたそうにございました」

事故を起こした徳田幾太郎自身は、暴れた馬に振り落とされて、どこか蹴られでもしたのか、地べたで動けなくなっていたそうで、こうしたことにも手慣れた町場の者たちの機転で、近所の町医者へと担ぎ込んでいったらしい。

供をしていた徳田家の家臣も、主人の一大事に真っ青になって、ついて行き、今はまだその町医者のもとで、主人の無事を祈って治療が済むのを待っているだろうということだった。

「して、馬は？　町場の者に怪我はないのか？」

横手から我慢できずに口を出してきた清川に、西山は「はい」ときちんと目を合わせて、うなずいてきた。

「幸いにも、怪我をした者はなかったようにござりまする。なにぶんにも、こうした事故《こと》には慣れているということで、馬場の掃除をしておりました町人が、暴れ終えて落ち着いてまいりましたところを見越して、捕らえてくれたそうにございました」

ただ、徳田の馬は、さんざんに暴れまわってしまったらしい。傘屋の店先に並んだ番傘を棚ごと踏んで折り潰し、次には小屋がけの団子屋に駆け込んで、ぐちゃぐちゃに踏み荒らした後、その隣の蕎麦屋の裏手に置いてあった水瓶《みずがめ》で、水を飲んでいたという。

「さようであったか……」

清川よりも一足早く答えて、大きく息を吐いたのは、蜂谷新次郎である。

「いやしかし、町場の者に怪我をさせずに済んで良かった」

「はい。それだけは、まことに……」

蜂谷の言葉にうなずいて見せると、西山も肩から大きくため息をついた。

町医者にかかっている徳田の怪我の具合は心配だが、馬も捕まり、他人には掠り傷一つ負わせずに済んだゆえ、徳田本人に下るお沙汰も、上役である組頭の自分や、ひいてはその上官の番頭・槙本豊後守景信《まきもとぶんごのかみかげのぶ》に下るお沙汰も、さほどには厳しいものにはならないであろう。

だが、そんな西山や蜂谷の読みを、横から手を出して打ち砕くように、小姓組の番士たちがわざと派手に噂を広めて、事を荒立ててしまったのである。

四

「書院番の新参番士が采女ヶ原で、馬に乗り損ねて落馬して、そのまま馬を暴れさせ、町場の店《たな》をさんざんに踏み壊したらしい」と、興味津々《しんしん》、江戸城内のあちこちで囁かれるようになるまでには、幾日もかからなかった。

書院番方に敵意を抱いている小姓組の番士たちは、徳田の事件をいいように言いふらし、書院番方全体の評価を下げにかかっていたのである。

小姓組番の番士たちがそれほどに書院番方を憎んでいる理由は、実は、清川の一言にあった。

「ご同僚の蜂谷さまより伺ったのだが、小姓組番方《こちら》では馬術はもとより、弓の鍛錬がほうも怠っておられるようにござるな」

若年寄・松平摂津守さまからの叱咤激励を伝えるべく、清川は単身、受け持った小姓組番方を訪ねて、そう注意してきたのである。

清川が、わざわざ蜂谷の名を出してきたのにも理由があった。武芸に詳しい蜂谷は、あの日、小姓組の番士たちの大的歩射を見た後で、「あれは駄目だ。『構え』からして成ってない。書院番方に比べると、皆、相当に怠けておるな」と、酷評していたのである。

それゆえに清川も、蜂谷から聞いた通りに叱咤してきたのだが、小姓組の番士たちは、蜂谷が西山をはじめとした書院番方の者たちと懇意にしているのを噂で知っていたものだから、自分たちの悪口を蜂谷の耳に入れたのは書院番の番士たちに違いないと、勝手に解釈してしまったのだ。

だがそれが勘違いであろうがなかろうが、徳田幾太郎が采女ヶ原で起こした事故の噂は、いいように城中で広まってしまった。それは必定、目付方ばかりか、老中方や若年寄方の耳にまで届いて、とうとう目付筆頭の十左衛門が、次席若年寄・松平摂津守に呼ばれてしまったのである。

「この徳田の一件もさることながら、このところ両番の綱紀が著しくゆるんでいるようである。両番は、上様を御側《おそば》近くよりお護りする、番方の要《かなめ》だ。目付方より再度厳しく叱咤して、是非にも士気を上げるように……」

と、徳田の起こした事故についても、この先、どのように沙汰や仕置きをするべきか、再度、詳細に事故を調べて、目付方より意見を上申するようにと命じられてきたのであった。

その摂津守のもとより、ついさっき戻ってきたばかりの十左衛門は、今、蜂谷と清川を目付方の下部屋に呼び集めて、話し始めたところである。

「小出信濃守さまではなく、摂津守さまが直々に、ご筆頭をお呼び出しになられたのでございますか？」

少し顔色を青くして、そう訊いてきたのは、清川理之進である。

あの武芸披露の場で、摂津守から直に命じられたのは自分と蜂谷の二人であるため、その摂津守が今度は「ご筆頭」を呼び出したことに、清川は青くなっているようだった。

いつもなら、筆頭の十左衛門を呼び出してさまざまに命じてくるのは、若年寄方の首座である小出信濃守である。その信濃守ではなく、常ならば出しゃばってはこない摂津守が出てきたということは、あの日に先に命じられた自分たち二人の働きが悪かったからだと、清川は瞬時にそう思ったらしい。

「いや。こたび摂津守さまがお出ましになられたのは、信濃守さまがお身体を悪くして、ご登城できずにおられるからだ。引き続き、貴殿らお二人には、両番方や采女ヶ原の一件について調べてくれとの仰せでござった」

「さようにございましたか……」

清川は大きく息を吐いてそう言って、随分と、ほっとしたようである。

だが一方、蜂谷のほうは、若年寄の覚えなどまるで気にしてないようで、身を乗り出して「ご筆頭」に訊いてきたのは、徳田幾太郎についてのことであった。

「ああしていっさい怪我人も出さずにおりましても、やはり厳しく沙汰するべきなのでございましょうか？」

蜂谷はつまり、徳田を庇ってやりたいのである。

武術の稽古の最初などというものは、誰もが上手くできないのが当たり前で、それでも懸命に鍛錬を積もうとして今回のように事故を起こしてしまった者たちを、「御役御免」や「御家断絶」などの厳罰に処すというなら、ことに馬術などは、誰も怖くて稽古ができなくなってしまう。

「そも、徳田たち番士の前で、拙者が輪乗りや後退を見せましたせいで、ああして徳田も真似をしたくなったのでございましょう。武術を志す若い者には、よくあることにござりまする。徳田が厳罰に処せられますならば、この私も幾ばくか、お仕置きをいただきますのが順当にございまして……」

「蜂谷さま……」

馬鹿正直に自らそんなことを言い出した蜂谷に、清川は困惑しているようであったが、筆頭の十左衛門は、少しく語気を強めて蜂谷にこう言い渡した。

「目付が番士に武術の指南をするというのが、押しなべて悪いとは思わぬが、こたびがように、両番が互いに角《つの》突き合わせているこの時期《とき》に、一方の書院番のみ指南を施してやるというのは、やはりいささか『配慮に欠けたお振舞』と申せよう。ご指南をなさるなら、押しかけてでも小姓組にもなさるべきでござった。徳田が一件の仕儀よりも、目付としては、まずはそちらを気になさっていただきたい」

徳田が起こした一件については、この後も二人に任せるつもりだから、徳田の容態《ようだい》のその後も含め、すぐにも調査してきてもらいたい。

だがそれとは別の話で、今回こうして小姓組の番士たちが要《い》らぬ噂を広めるきっかけとなったのは、やはり蜂谷が書院番方ばかりに目を向けたことに他ならず、常に誰に対しても公平公正であらねばならない目付としては、反省に値することである。

そのことを、まずは重々肝《きも》に銘じていただきたいと、十左衛門は、蜂谷ばかりではなく清川にも、改めて注意したのであった。

「……まこと、短慮なことでございました」

見るからに、しゅんとして、蜂谷は素直に謝ってくる。

その蜂谷の背中を優しく叩いて、十左衛門は二人を徳田の調査《しらべ》に向かわせるのだった。

五

二人がまず向かったのは、番町にある徳田幾太郎の屋敷であった。

馬に蹴られて脇腹の骨を折ったらしい徳田は、すでに町医のもとから自宅の屋敷へと移されて、奥座敷で床についているということであったが、徳田家の用人に案内されてそこに向かうと、徳田はまだ起き上がれないながらも、顔色はさほどに悪くないように見えた。

「申し訳ございませぬ。番士として、まことに情けなきことで……」

目付二人を前にして、床のなか、何度も徳田は謝ってきたが、改めて事情を訊ねてみれば、やはり馬に「後退」をしつこく強《し》いたようだった。

「身の程もわきまえず、まことにかたじけのうございまする」

またも繰り返して謝ってきた後で、だが徳田は驚くようなことを言い出した。

昨日、采女ヶ原を管理している「馬場守の忠兵衛」という町人が訪ねてきて、徳田の馬が壊した団子屋や傘屋の賠償金として「二百両、支払ってもらいたい」と、そう言ってきたというのだ。

「二百両？　それは事実《まこと》か？」

あまりに驚いたのをそのままに、蜂谷はつい大声になっていた。

「はい……」

さすがに徳田も、二百両も払わねばならず気落ちしているのか、こちらは声が小さくなっている。

「だが馬が踏み込んだのは、小屋がけの団子屋だけではないか。傘屋がほうは、店前に広げてあった番傘の棚だけだぞ」

冷静にそう言ったのは、清川のほうである。

「はい……。ですが、『再び店を開けるには、それだけの金子《きんす》がかかる』と言われましては、払わぬ訳にもまいりませんので……」

「なにっ？」

目を丸くして、蜂谷は、またも声を張り上げた。

「では、おぬし、もう払ってしまったのか？」

「いえ……」

と、徳田幾太郎は、ふっと目をそらしていった。

「お恥ずかしいことながら、『二百両』と申しますと、我が家ではすぐには都合がつきませぬもので……」

消え入りそうな声でそう言うと、徳田はそれきり黙り込んでしまった。

徳田家は三河以来の譜代の旗本ではあるが、あまり家禄は高くなく、二百五十俵高の家柄である。

曾祖父も祖父も父親も、身体が小さく、あまり丈夫ではなかったということもあり、徳田家の当主は三代に渡って無役だったそうで、幾太郎だけは母親の家系に似たか、身体も丈夫で剣術の才もあり、めでたく役高・三百俵の書院番士に取り立ててもらえたのである。

だが番士になるということは、いざ戦となった時、騎馬で戦うということである。無役だったこれまでのように、家計が苦しいからといって、馬を飼わずに済ませる訳にはいかなくて、徳田は半年ほど前、書院番士に取り立てが決まった際に、初めて馬を買い入れたらしい。

こうした徳田家の事情については組頭の西山三左衛門から話を聞いて、すでに調べてあったことなのだが、そんな徳田が高額になるであろう怪我の治療代だけでなく、二百両もの賠償金を払うというのは、やはり無理なのではないかと思われた。

「……『馬場守の忠兵衛』と申したな？」

「え？」

急に馬場守の名を出してきた蜂谷に驚いたのは、徳田ではなく、目付仲間の清川である。

「蜂谷さま。まさか……？」

「うむ」

当然だというように清川にうなずいて見せると、蜂谷はやおら立ち上がった。

「馬場守には、拙者が話をつけてまいろう。徳田どのは大船に乗ったおつもりで、疾《と》く御身を治すことのみ、お考えになられるがよい」

「……蜂谷さま……」

つぶやくようにそう言ってきた徳田を見れば、目の端から、すでに涙がとめどなく流れている。

その徳田幾太郎に力強くうなずいてやると、蜂谷は早くも廊下へと出ていった。

清川も立ち上がり、蜂谷を追うべく、あわてて徳田のもとを辞した。

(何も判っていないではないか！)

前を行く蜂谷の背中を睨みつけながら、清川が思ったことである。

蜂谷が判っていないのは「ご筆頭の訓戒」で、常に誰に対しても公平であるようにと、そう叱られたばかりのはずなのだ。

なのに今、目の前の蜂谷は明らかに、徳田幾太郎に同情している。そうして「徳田を守ってやりたい」と、自分が馬場守の町人と話をつけようというのである。

(これではまるで自分の組下の番士を可愛がる、組頭か番頭のようではないか！)

強欲な馬場守から救ってやるなどということは、それこそ組頭の西山あたりの仕事であろう。

目付になる前、実は蜂谷は、番方の武官であった。『小十人頭《こじゅうにんがしら》』という番士・二十数名から成る歩兵隊を指揮する、『小十人組番方』の番頭の一人だったのである。その前職の感覚をまだどこかで引きずっているから、徳田のことも守ってやりたくなるのであろう。

だがそれは「ご筆頭の訓戒」の通り、やはり自分ら目付のするべきことではないのだ。

（いざ、話をつけるという段になったら、何としても、お止めしよう）

清川は、すでにこの先どうするかの腹を決めかけていた。

二百両の話が出ているのだから、どのみちこれから釆女ヶ原には足を運んで、馬場守の忠兵衛という町人からも話だけは聞いてこなければならない。

その話の途中で、蜂谷がいきり立って、徳田のために一肌脱ごうとし始めたら、それを契機に横手から自分が蜂谷を止めればよいのだ。

（よし！　それでよい）

腹が決まって落ち着いて、清川は蜂谷とともに釆女ヶ原へと急ぐのだった。

六

「なれば、どうでも、二百両がかかると申すか？」

馬場守・忠兵衛を前にして、脅すようにそう言っているのは蜂谷新次郎である。

「はい」

だが馬場守も、ひるまない。

六十はとうに越しているだろうと見える忠兵衛という町人は、「馬場守」というよりは「大店《おおだな》の主人」か「名主の大百姓」といった風格で、目付の蜂谷が身の丈・六尺（約百八十センチ）の巨体で凄んでも、いっこう負けるつもりはないようであった。

忠兵衛は、平気で蜂谷と目を合わせて、あろうことか、恩まで着せてきた。

「正直、こちらといたしましても、かなり遠慮をさせていただきましての『二百両』にございますので」

「…………」

どこかの寺の仁王像のごとくに、蜂谷は忠兵衛を睨みつけたが、それで何かが変わるという訳ではなかった。

今、清川も含めた三人は、采女ヶ原の馬場脇にある安普請の蕎麦屋のなかで、話し始めたばかりであった。この蕎麦屋の裏手には、くだんの徳田の馬が水を拝借した水瓶があり、つまり隣は踏み潰された小屋がけの団子屋であった。

さっき蕎麦屋に入る前、清川は改めてその団子屋の残骸を観察しておいたのだが、「小屋がけ」という言葉がぴったりの露店の造りに他ならない。

そのまた隣の傘屋のほうも、やはり店の本体には何の支障もなかったようで、また別の床几《しょうぎ》のような安手の棚を店先に出して、懲りずに番傘を並べていた。

あの傘屋や団子屋に壊した分を返しても、どれほど残ることだろう。その残り金《がね》を団子屋や傘屋なんぞに分けてやろうはずはなく、こうやって馬場守・忠兵衛は自分の身代を大きくしてきたに違いないのだ。

幕府の金でも自分の金でもないのだが、この馬場守に、二百両もくれてやる訳にはいかない。「徳田を助けるうんぬん」は抜きにしても、このままに放っておける話ではなかった。

「おそらくは、無理であろうな」

横手から口を出すと、清川はこちらに目を移してきた忠兵衛に、面を切った。

「さよう。徳田どのには、二百両の金子は無理であろうということだ」

「清川どの！」

蜂谷が怖い顔でこちらまでを睨んできたが、その蜂谷をなだめて、清川は「任せてくだされ」という風に、一つ大きくうなずいて見せた。

「………」

清川のやけに余裕ありげな表情に、蜂谷は思わず黙り込んでいる。

もはや邪魔が入らないのを確認すると、清川は再び馬場守と相対した。

「話が切れたが、重ねて申す。二百両など、土台が無理な話だぞ。そも徳田どのは、こたびめでたく御番士になられたのだが、武官の御役は馬が要るゆえ、馬を買われたばかりなのだ」

「そうおっしゃられましても、こちらのほうも店を潰されてございますので」

馬場守も負けじと、喰いついてくる。

「さよう」

清川は、いかにも困った風な顔を作って、大きく幾度もうなずいた。

「あの儀で徳田どのが、団子屋の生計《たつき》が立たぬまでにしたのは事実であるゆえな。よって公儀の御定書と相照らせば、御役御免はむろんのこと、家禄がほうもおそらくは没収されて、江戸からも追放になるものか否か……」

「…………」

と、険しい顔で眉を寄せている馬場守に、清川はまた言った。

「『生計が立たぬ』と、万が一にも団子屋が首なんぞ括《くく》ろうものなら、徳田は必ず切腹か島送りになる。さようなことにならぬよう、すまぬが、そなた、団子屋を見守ってやってくれ」

「……清川さま、とおっしゃいましたな」

「ん？」

清川がわざと飄々《ひょうひょう》とした顔を向けると、馬場守の忠兵衛は、大店の主人風だった上品さを物の見事に剝ぎ捨てて、一気に賭場の胴元のごとく、鋭い目になった。

「団子屋の生計が立てば、ようございますのですな？」

「さよう。こたびは他人《よそ》に怪我人がなかったゆえ、団子屋と傘屋に大事《だいじ》がなくば、それでよいのだ」

「…………」

まるで今にも懐《ふところ》から匕首《あいくち》でも出しそうに、忠兵衛は三白眼《さんぱくがん》で睨んでくる。

武術に長けた蜂谷が殺気を感じて思わず身構えると、忠兵衛はその蜂谷をもギロリと目で抑えて、清川に上半身を乗り出した。

「幾らなら、お出しになれますので？」

「そう言われても、無い袖は振れぬであろうゆえなあ」

「誰の袖でも構いません。幾らなら、よろしゅうございますので？」

「いや、したが、そもそれは団子屋や傘屋が決めることでござろう。団子屋の亭主らは、幾らあればよいと申しておるのだ？」

「では、百五十両」

「……無理であろうな」

「ならば、百両」

「おい、忠兵衛……」

と、清川はわざと大きくため息をついた。

「三代続いた無役から、ようやく『番の御役』に就いて、馬を買い、着るものを買い、登城の供揃《ともぞろ》えまでしたばかりぞ。おそらくは、すでに諸方に借り倒しておろう。その上に百両など、誰が貸すと申すのだ」

「では、五十両でございます！」

突然に言い切ると、忠兵衛は蕎麦屋の床几から立ち上がった。

「それより下とおっしゃいますなら、仕方ございません。団子屋の亭主と女房に揃って首を括らせましょう」

「相判った！」

清川も、すっくと床几から立ち上がると、驚いて声も出ずにいる蜂谷を振り返った。

「団子屋に首を括らせる訳にはまいりませぬ。急ぎ徳田の屋敷に立ち返り、何としても五十両の金子を用意させねばなりませぬ」

「お、おう」

蜂谷もあわてて立ち上がり、清川に置いていかれぬよう、小走りで後を追う。

一方、すでに清川は、蕎麦屋のペラペラで薄い暖簾《のれん》をくぐっていた。

「『ご公儀の御目付さま』とおっしゃいますのは、聞きしに勝る恐ろしさでございますな」

「…………」

忠兵衛も悔しいものか、まだいる蜂谷に嫌味を言ったようである。

こうして徳田幾太郎は、二百両から五十両にまで下がった賠償金に、とりあえずは胸を撫で下ろしたという訳だった。

親戚から掻き集めて作った五十両を、清川と蜂谷の仲立ちで忠兵衛に払い終えると、徳田には元の生活が無事、戻ってきた。

今回は怪我人を出さなかったこと、また番士として馬術の訓練中にたまたま起こした事故であることから、

「迷惑をかけた町人にしっかりと詫び、生計が立つよう、店を建て直すに相応の金子《きんす》を返したとあれば、問題はなかろう」

として、若年寄の松平摂津守さまからも「構いなし」とのお言葉をいただけたのであった。

七

徳田に「構いなし」が出てより、数日してのことである。

蜂谷と清川の二人は、自分たちが受け持った両番方のいざこざを治めるため、あの時の武芸披露に出ていた組頭や番士の面々を、再び『騎射調練馬場』に集合させていた。

采女ヶ原とは違い、麴町の二丁分もの広さがある馬場であるから、すでに集まっているらしい書院番方の一同と小姓組番方の一同とが、あちらに一つ、こちらに一つと、はるか遠くに塊《かたまり》に見えている。

その二つの塊に向かって歩きながら、蜂谷は隣にいる清川に、また満面の笑みを見せた。

「いやしかし、まことに、あの時の清川どのは頼もしゅうござったな」

「……もう、よろしゅうございますよ」

蜂谷がこうしてしつこく褒め称えてくれるのは、釆女ヶ原の蕎麦屋での馬場守・忠兵衛との戦のことである。

あの時の忠兵衛との対話を懸命に再現してくれながら、蜂谷は、ご筆頭の十左衛門にもすでに報告してくれていて、それを目付部屋にて他の目付たちにも滔々《とうとう》と話して聞かせ、何だかまるで清川の話でありながら、蜂谷の自慢話の様相を呈していたほどであった。

そして今日、ご筆頭の賛同も得て、二人は「両番の悶着」というこの担当の案件に決着をつけに来たのである。

自分ら目付が近づいていくのにようやくに気づいたか、それまでは雑談をしていたらしい書院番方も、小姓組番方も、目付を前に、いかにも隊らしい形に整列をし始めた。

「蜂谷さま。清川さま」

組下の徳田を救ってくれて、有難いのであろう。西山はいかにも会えて嬉しいという顔をして、番士一同を導くように、深々と頭を下げてきた。

その書院番方に後《おく》れを取る訳にはいかないと、くだんの麻野鋭次郎をはじめとする小姓組番方の一同も、揃って頭を下げてきた。

「清川さま。先立っては、まことにご教示、有難うございました」

「いや……」

清川も、麻野たち小姓組番方に目を向けた。

麻野はこうしてはっきりと、清川《こちら》だけの名を挙げて、挨拶をしてくる。

やはり蜂谷に対しては「書院番方が贔屓《ひいき》だから」と、反感を抱いているに違いなかった。

と、清川がそんなことを考え始めていた時である。

横にいる蜂谷が、やおら小姓組番方のすぐ前まで進んでいったかと思うと、怪訝な顔をしている麻野たちに向かって、

「すまなかった」

と、突然に頭を下げた。

「…………？」

清川や麻野はむろんこと、その場にいる全員が目を丸くしていたが、それを気にして何かを臆するような蜂谷ではない。自分の思うところ一つに集中して、麻野たちに向かい、こう言った。

「実は先般、書院番方のご一同には、ちと馬の調教の術を指南させていただき申した。押しかけの指南というのも、いささか恐縮ではござるが、先般と同様、今日これよりしばしの間、是非にも御小姓組のご面々にも指南をさせていただきとうござる」

「…………」

あんぐりと、ふと気づけば清川は、あまりのことに呆然として、口を開けっ放しにしていたようだった。

蜂谷がこんなことを言い出した理由は判っている。ご筆頭から訓戒を受けたからである。

たしかにあの時、ご筆頭は「ご指南をなさるなら、押しかけてでも小姓組にもなさるべきでござった」とそう言われたが、まさかその言葉をそのままに、蜂谷がこんなことを仕出かすとは、実際、思いもよらなかった。

「……蜂谷さま」

とりあえず横手から小さく声をかけてみたのだが、さりとて蜂谷が口に出してしまったことを、どうすれば無かったことにできるのか、そんな方法などある訳もない。

自分のことのように心底から困って、清川が内心うろたえていると、前で整列している麻野鋭次郎が、冷ややかな声で言い放った。

「有難きご厚情ではございますが、不肖、私、麻野鋭次郎も、馬の扱いにはいささかの自負がござりまする。ここな小姓組の番士らは、組頭の私にとりましては、どの者も大事な配下でございますゆえ、これよりは騎射についてばかりではなく、こと馬の扱いにつきましも、不肖、私が直々に指南をいたしてまいろうと存じまする」

「いや、麻野どの、拙者は……」

あわてて蜂谷が言いかけたが、その言い訳も聞きたくないという風に、麻野はその場を離れて駆け出した。

麻野が駆けていく先、少し離れた馬場の一角には、杭に繋がれた馬たちが待っている。ずらりと並んだその内《なか》の自分の馬のもとに近づくと、繋いでいた縄を外して、麻野はひらりと跨った。

「輪乗りや旋回、後退も、ご指南をなさったと、風の噂にうかがいましてございます。さすれば今、この私の旋回や輪乗りの技が、番士らに指南をするに十分でございますか否か、是非にも蜂谷さまに吟味していただきとう存じまする」

馬上から居丈高《いたけだか》にそう言うと、早くも麻野は右に左に、旋回をし始めた。

流れるような旋回の技である。

「次なるは、輪乗りでござりまする」

麻野は宣言をすると、右に旋回したその続きのようにして、そのまま右にまわり始めた。大きな輪の輪乗りから、急に小さい輪に変化させたり、またすぐに大きな輪に戻したりと、やはり見事なものである。

だがどうやら、ちょうど興が乗ってきたところで通り雨が来たものか、一転、空が掻き曇って、ぱらぱらと雨までが降り始めた。

夏の驟雨《しゅうう》らしく、雨は見る間に勢いを増してきて、すでに皆、桶で水でもかぶったかのように、びしょ濡れになっている。

「ヒヒーン」

と、見れば、杭に繋がれた馬たちも、騒ぎ始めているようだった。

「麻野どの！」

土砂降りのなか、声を張り上げたのは、清川である。

「麻野どの、これはいけない！　我ら人間《ひと》はともかく馬だけは、小屋に逃がしてやらねばなりますまい」

「いえ！」

だが麻野は輪乗りを止めず、頑固に言い放った。

「戦の際には雨風などもございましょう！　こうした天気《もの》も、馬扱いの心得の一つにございまする！」

雨の轟音に負けじと声を張ると、麻野は輪乗りの輪を解いて、今度は別の技に移った。くだんの「後退」である。

おそらく馬は、本当は嫌なのであろう。土砂降りのなかを一歩、二歩、三歩と後退しては、一瞬、止まって、また麻野に促されては、一歩、二歩、三歩、四歩と後ろに小さく足を進めている。

と、その次の一瞬であった。

ピカッ！

ゴロゴロゴロゴロ……。

雷である。広大な馬場にゴロゴロと長く不穏な音が響き渡って、もうすっかり暗くなった空に、とてつもない目映《まばゆ》さで幾筋もの稲光が走った。

ドーン！

ゴロゴロゴロゴロ……。

地響きのような爆音に、皆が思わず、身を縮めた時である。

「ヒヒーン！」

麻野の馬が雷の爆音に驚いて、前脚を宙で掻いて、立ち上がった。

「うわっ！」

耐えられず、麻野が落ちていくのが見えた。

「麻野どの！　危ない！」

思わず清川は声を上げたが、麻野はやはり馬には慣れているのである。

落馬はしても、徳田とは違い、地面に落ちた次の瞬間には、いきり立つ自分の馬に踏まれないよう、泥まみれになりながらも地べたを這って逃げおおせている。

ほっとしたのも束の間、だが麻野の馬は、杭に繋がれた他の馬たちの嘶《いなな》きも手伝ってか、興奮して、ものすごい勢いで駆けまわり始めた。

「わあーっ！」

縦横無尽、もう自分が判らなくなっているらしい麻野の馬は、次はどっちに駆け込んでくるものかが読めなくて、隊列を組んで並んでいた両方の番士たちも、右に左にと、馬から離れようと逃げている。

清川も周囲と同様、とにかく夢中で逃げ続けていたが、そんな清川の目の先に、土砂降りのなか颯爽と馬を走らせている蜂谷の姿が見えたのである。

「蜂谷さま！」

声をかけたが、雨の爆音と、またも光った稲光のせいで、蜂谷の耳には届かなかったようである。

見れば、蜂谷は麻野の馬に並走しようとしているらしく、右に左に方向を変える麻野の馬に懸命に合わせて、動いていた。

「よーし、よーし。ほう……。貴殿は、おう、まことに良き馬でござるなあ」

並走しようと自分の馬を操りながら、どうやら蜂谷は麻野の馬に、声をかけているようだった。

「おう、おう。よし、大丈夫、大丈夫。こうしてともに走っておれば、大丈夫だ」

少しずつだが、二頭の馬が同じ方向に頭を向ける瞬間が多くなってきた。

そうしてわずかに麻野の馬よりも前に出て、蜂谷は先を導くように自分の馬を走らせている。

また「ドーン！」と少し大きな地鳴りのような音が起こったが、麻野の馬は、少し嘶いて首をブルブルと振っただけで、もう二本足に立ち上がったりはしなかった。

「よーし。偉いぞ。なれば、ほら、ついてまいれ」

そう言うと、蜂谷は自分の馬の方向を大きく左に切っていき、そのまま大きな輪乗りの状態に持ち込んだ。

麻野の馬も、左のほうへついていく。

するとだんだん、二頭はきれいな輪乗りの並走になってきて、蜂谷はそれを見て取ると、輪の大きさを少しずつ縮めていきながら、とうとう最後は馬体がようやくまわれるほどの小さな輪にしていった。

輪が小さくなりすぎて、まわるには面倒になったのか、蜂谷の馬は少しずつ速さを落として勝手に止まってしまった。

するとそれを手本に、麻野の馬もまわるのをやめて、止まる。

「よーし。良い子だ、良い子だ。ほれ、今参るゆえ、待っててくれよ」

優しく声をかけながら、蜂谷はひらりと馬から下りて、麻野の馬の手綱を手に取った。

「有難う存じまする……」

穏やかな声でそう言って、遠くから深々と蜂谷に頭を下げたのは、麻野鋭次郎である。

「おう、どうどうどう……」

自分の馬に優しく声をかけながら、泥だらけの麻野が静かに近づいていく。

蜂谷から、無事、手綱を渡されると、麻野は素直に頭を下げて、詫びてきた。

「要らぬ短気を起こし、まことに申し訳ござりませぬ」

「いや……。拙者のほうこそ、目付にはあるまじき浅慮でござった。我が御頭《おかしら》のご筆頭にも叱られてしもうてな。実はあわてて、先般の大失態の穴埋めに、参らせてもらったという訳だ」

「さようでございましたか」

麻野はにこりと笑ったが、その笑みには、これっぽっちの嫌味も嘲笑も感じることはできなかった。

「なれば麻野どの、あれな他の馬たちも冷え切って気の毒ゆえ、疾《と》く退散をいたそうか？」

「はい」

雨のなか、蜂谷と麻野は笑いながら、馬の口を取って歩いている。

そんな二人の姿を雨に打たれて眺めながら、清川は苦笑いになっていた。

（いや、何も、ご筆頭に叱られたことまで話さずともよいものを……）

そう心から思ったが、さりとて蜂谷のさっきのあの物言いは、不思議に耳に当たりが良かった。

気がつけば、やはり夏の驟雨のことで、雷はもう止んでいる。

蜂谷は今の自分の活躍を、ご筆頭や他の皆に自慢するであろうか。

「ふっ……」

と、清川は小さく吹き出した。

釆女ヶ原での清川《こちら》の手柄話を、ああしてあれほど自慢していた蜂谷のことだから、自分自身の手柄話も大いにするに違いない。

だがどれほどに蜂谷が自慢を繰り返したとしても、今の蜂谷の手柄のことは、ご筆頭には、ちゃんとこちらの口からも伝えておいてやらなければならない。

蜂谷には、是非にもそうしてやらねばならないほどの「人間《ひと》としての器」があるのだ。

ようやく少し小降りになった雨のなか、気がつけば両番の番士たちは、書院番方も小姓組番方も平気で入り混じって、三々五々、自分の馬を引いて話をしながら小屋のほうへと歩いていく。

これもご筆頭にご報告ができると、清川は嬉しく微笑《ほほえ》むのだった。

第三話　出島《でじま》オランダ商館

一

江戸市中の馬場で、蜂谷と清川の二人があれやこれやと頑張っていた、ちょうどその頃のことである。

十人いる目付の一人である稲葉徹太郎兼道《いなばてつたろうかねみち》は、徒目付組頭の一人で「ご筆頭」の義弟でもある橘斗三郎ら五人の目付方配下を供にして、長崎《ながさき》への「遠国御用《おんごくごよう》」に向かっていた。

江戸を出て、長崎までは、およそ一ヶ月の行程である。

まずは陸路で大坂《おおさか》までが十四、五日というところ。その先は大坂の湊《みなと》から船に乗り、瀬戸内《せとうち》の海を航行すること七日ほどで下関《しものせき》に着き、そこで船を乗り換えて豊前《ぶぜん》・小《こ》倉《くら》へと渡った。

次は再び陸路となり、『長崎街道』を行くことになるのだが、起点である小倉の常盤橋《ときわばし》から肥前《ひぜん》の長崎までは二十五の宿場があり、実に五十七里(約二百二十八キロメートル)もあった。

おまけにこの街道は山越えが幾つもあるから、三十四歳の稲葉や三十七歳の斗三郎のような、頑健な男の脚《あし》でも五日はかかる。

その最後の山越え、「長崎まで、あと少し」というところに『日見峠《ひみとうげ》』があり、江戸から来た旅人たちには「西の箱根《はこね》」などとも称されるほどの難所であった。

「いやしかし、稲葉さま。さすが『箱根』と名がつくだけはございまして、なかなかに厳しゅうございますね」

「まことにな……」

長崎街道を五十七里、さんざんに歩いてきた最後の日見峠であるから、さすがの稲葉や斗三郎も、つい口をついて愚痴が出る。

だがこうして長旅に苦しむことなど、何という事もない。「ご筆頭」である十左衛門から選ばれて、「稲葉どの、頼む」と言われて出てきたことが、稲葉徹太郎には何よりの誇りであった。

　この案件の発端は、長崎から江戸城《しろ》に届いた一通の文である。幕府の天領である長崎の町を治めている『長崎奉行』の一人から、

「出島《でじま》のオランダ商館長に、隠れキリシタンの疑いあり」

との報告《しらせ》が届いたため、その一報に危機感を抱いた老中や若年寄ら上《うえ》つ方《かた》から命《めい》が下り、こうして目付方が調査に来ることになったのであった。

　オランダは、幕府が正式に通商を行っている数少ない他国の一つである。そのオランダの商館長に「キリシタン」の疑いがあるとなれば、外交を閉じるか否かの大問題にもなりかねない。

　何でも長崎からの文では、商館長の私物のなかに、キリシタンの十字架を模した文様のものがあり、

「国禁により、それを没収させていただきたい」

　と、長崎奉行が申し出たところ、

「この文様は断じて十字架などではないし、第一、これは私の大事な私物である。絶対に、没収には応じられない」

　と、オランダ商館長がひどく怒って、険悪な様相になりつつあるらしい。

　このさまざま難しい判断を迫られるであろう案件を十左衛門から任されたのが、稲

葉徹太郎だったのである。

今回、稲葉が手下《てか》として選んで連れてきたのは、橘斗三郎をはじめとした精鋭の配下五名。

その総計六人となる稲葉たち一行は「西の箱根」と呼ばれる急峻な日見峠をようやく抜けて、平らな場所まで下りてきたのであった。

おそらくは百姓家であろうが、ちらほら人家も見えてきたから、オランダ商館のある出島や長崎の街中も、そう遠くはないのかもしれない。しばらく行くと小さな橋が見えてきて、その先はもう、はっきりと集落らしく、人家が立て込んで建っていた。

と、小さな川に架《か》かったその橋を渡りきって、間もなくのことであった。

「……ん？　こりゃ何だ？」

稲葉が顔をしかめて言ったのは、どこからか強く漂ってくる悪臭のことである。

「いや、酷《ひど》うございますね……」

斗三郎が答えたのが契機となって、一同、皆それぞれに手で鼻を覆い始めている。

すると一人、梶山要次郎《かじやまようじろう》という二十七歳の徒目付が、つと脇道に逸《そ》れたかと思うと、その先の遠くを指差して報告してきた。

「『あれ』ではございませんでしょうか？」

梶山の指す向こうには、なるほど何やら家畜らしきものが飼われていて、「におい」の出所《もと》はそこらしい。

「ですが……。『あれ』は何でございましょう？」

訊いてきたのは、だが当の梶山で、その梶山の問いに明確に答えられる者は誰一人としていなかった。

「どうも『猪《いのしし》』のようにも見えるが、かように白く、毛の無き猪《もの》などおるのであろうか？」

稲葉が言うと、斗三郎も首を傾げた。

「はい。何やら生まれたての犬の仔の肌のようで、珍妙にござりまする……」

全体の形としてはたしかに猪に似ているのだが、肌の色がやけに白くて、つるりと毛も少なくて、斗三郎の言うよう「珍妙」という言葉がぴったりの獣である。

その珍妙な猪は、だがこのあたりにはよくいる獣であるらしく、集落の道を進むにしたがって、それを家畜に飼っている民家が増えてきた。

都合、路上まで漂ってくる「におい」も、よけいに強くなっている。

皆が手で鼻や口を覆って、必定《ひつじょう》、寡黙になっていたところ、一行の殿《しんがり》を務めていた『小人目付《こびと》』の一人が、「稲葉さま」と前を歩いていた稲葉のもとへと駆け寄ってきた。

「ちと先に長崎の町場まで馳せ参じまして、奉行所がどちらにございますものか、聞き込んでまいりまする」

気を利かせてそう言ってきたのは、目付方のなかでも「切れ者」で名の通った小人目付、三十二歳の蒔田仙四郎《まきたせんしろう》である。

目付方の配下である『小人目付』は、徒目付より更に下役にあたるのだが、有能な者にはよく「隠密」に、江戸から遠い天領や大名領など探る任務なども課されるため、こうしたことにもよく慣れているのだ。

「なれば、私もともに参りまして、奉行所やオランダ商館の評判についても探ってまいりまする」

もう一人、古参の小人目付である四十一歳の平脇源蔵《ひらわきげんぞう》もそう言って、蒔田と二人、道を先へと駆け出して、ほどなく見えなくなった。

その二人を見送ると、稲葉は一歩後ろに控えて歩いている橘斗三郎を振り返った。

「今、在勤の御奉行は、石谷備後守《いしがやびんごのかみ》さまにござったな？」

「はい。長崎の御奉行さまとしてご着任されましたのは五年前でございますゆえ、都合、長崎へのご在勤は三度目であられますかと……」

長崎の町を治めて、貿易と外交、隠れキリシタンや抜け荷の取り締まりなど、さまざま掌《つかさど》る『長崎奉行』は定員が二名で、うち一名が長崎に在勤し、もう一名は「在府」といって江戸に残って、自分たちの上官である老中方との繋ぎ役を担っている。

この在府と在勤は一年ずつの交替で、たいていは九月過ぎに在府の一名が江戸を出て長崎へと向かってくるため、その到着を待って諸事の引き継ぎをし、それを終えるとこれまで在勤だった奉行のほうが長崎を出発し、十一月か十二月には江戸に戻ってくるという決まりになっていた。

その在勤の長崎奉行が、今は石谷備後守清昌《きよまさ》なのであった。

五十三歳の石谷備後守は『佐渡奉行』や『勘定奉行』を歴任した、なかなかに老練な旗本で、八年ほど前に着任した勘定奉行と兼任する形で、五年前から長崎奉行の職も務めている。

その酸《す》いも甘いも嚙み分けたような石谷備後守が、「キリシタンであるのか否か、判断に困っている」として江戸に報せてきたのが、長崎の出島に住まわせているオランダ商館長のことなのである。

今、江戸から来たばかりの自分たちよりは、はるかに長崎やオランダ商館について精通しているであろう石谷備後守に判断ができないこととは何なのか、まずはその仔細について聞いておかなければならない。

「どこぞ途中に茶屋でもございましたら、平脇と蒔田を待って、そこで一休みいたしましょう。今はまだ街道を出たばかりゆえ一本道でございますが、いざ町中に入ってしまうと、道が分かれて、こちらを探しづろうございましょうし……」

そう言ってきた橘斗三郎に、「うむ」と、稲葉もうなずいて見せた。

「道が先分かれせぬ前に、どこぞで待っておらねばならぬな。……したが、ここらに茶屋なんぞがあるものかどうか」

「はい……」

二人がともに想像して、顔をしかめているのは、この「におい」のことである。

猪に似たあの珍獣をあちこちで飼って、一体、何に役立てているというのであろうか。

「よしんば茶屋がございましても、この臭気のなかでは、茶も団子も味わうことはできますまいが……」

「さようさな」

まだ慣れぬ臭気のなか、稲葉たち一行は道を進んでいくのだった。

二

「いやまこと、拙者も初めて当地に参りました頃には、臭気《あれ》には難儀をいたしましたぞ」

稲葉ら一行を前にして、カラカラと笑っているのは、在勤の長崎奉行・石谷備後守清昌である。

あの後、無事に道の途中で平脇や蒔田と合流し、その二人の案内で、難なく奉行の役宅である『立山奉行所《たてやま》』に着いたのだが、備後守は以前より勘定奉行を兼任しているためもあり、目付の稲葉とは顔見知りであった。

それゆえ稲葉も挨拶がてら、臭気を放つあの家畜の話をしたところ、石谷もすぐに呼応して笑い出したという訳だった。

「して、備後守さま。あの珍妙な獣は、一体、何と申しますので？」

稲葉の問いに、備後守は聞き慣れない名前を口にした。

「『豚《ぶた》』と申すそうにござる」

「ぶた、にございますか？」

「さよう。このあたりでは、すでに神君・家康《いえやす》公の御世の前より、食しておるそうにござってな。唐風《からふう》に、ああして家に飼い置いて、入用になると殺して食するようだ」

「……さようにございましたか……」

心底から驚いて、稲葉はそのまま押し黙った。

江戸市中にも何軒か『百獣屋《ももんじや》』というのがあって、獣肉を食用に切り売りしたり、店によっては料理して酒の肴に出したりもしている。

だがそこで売られている猪や鹿、熊や兎《うさぎ》などは、猟師が山で捕ってきたものであり、卵を採るために飼う鶏《にわとり》よりほかに、食用に何か家畜を飼うという話は聞いたことがなかったのである。

「されど、まあ『食するために殺す』というのに何ら違いもござりませぬし、取り立てて驚くことでもないのではございましょうが……」

冷静に思い直して稲葉が言うと、

「さよう、さよう」

と、石谷備後守は、大きく何度もうなずいてきた。

「まずこうした異国の風のある地に慣れるには、さように何でも寛容に聞き入れて、自説に囚われることなく、平らかな気持ちであらねばならぬようでな。……おう、こうして改めて申すというと、まるで目付の心得のようでござるな」

そう言って、備後守は大らかに笑っている。

「いや、まことに」

稲葉も答え、二人は顔を見合わせて笑った。

それというのも、この石谷備後守は、長崎奉行や勘定奉行になるより前に、目付の職に就いていた時期があったのである。

ただし「目付」といっても、上様の居所である本丸付きの目付ではなく、御世継ぎ様や御先代様の居所となる西ノ丸付きの目付であり、本丸と西ノ丸とは基本、独立しているため繋がりはないのだが、「目付の持つべき心得」については、いっこうに変わりはない。

おまけに今や備後守は勘定奉行も兼任していて、幕府の屋台骨を支えて働く幕閣の者どうし、目付と勘定奉行とは互いにさまざま行き来せねばならぬことも多いから、石谷備後守がこうして大らかで飄々《ひょうひょう》とした人物であることは、かねてよりよく知っていたのである。

まるで江戸の目付部屋で「ご筆頭」とでも話しているかのような心安さに、長旅で疲れた稲葉がついしんみりとしていると、

「稲葉どの。ちと町を一望できる櫓《やぐら》があるゆえ、参られぬか？」

と、備後守が横手から声をかけてきた。

案内されてやってきたのは、高い石垣の上に長く建てられた平櫓《ひらやぐら》で、頑丈な格子のはめられた切抜きの窓から外を覗くと、なるほど眼下には、長崎の町が広がっていた。

この立山奉行所は、存外、高台にあるのであろう。すぐ下に連なる町人街の家並みから、町の突端に突き出た扇形の出島らしきものや、その先の点々と船が浮かんでいる青い海まで、本当に一望できるようになっている。

「あれが懸案の『出島』にござる」

備後守が語って聞かせてくれたのは、『出島』成り立ちの話であった。

「そも今より百年もの大昔に、あの磯を埋め立てて出島を築く元金《もとがね》を出したのは、地《じ》の大商人《おおあきんど》らであったそうだ」

「え？　なれば幕府の普請ではなかったのでございますか？」

目を丸くした稲葉に、「さよう」と、備後守はうなずいた。

「当時、幕府がわずかに手がけたのは、護岸の石垣や門と、陸《おか》と出入りの橋ぐらいのものだったそうでな……」

遠浅《とおあさ》だったあのあたりの海を埋め立てて、島の土台を一から築いたのも、いざ完成した出島のなかに、異国の商人たちを住まわせることができるよう蔵や家屋敷を建てたのも、当時の長崎で有力商人であった者たち、二十五名であった。

その二十五人の町人たちが幕府に命じられて出島を作り、当時はまだ長崎の市中を自由に闊歩《かっぽ》していた異国の商人たちを、出島のなかだけで交易したり、寝泊まりしたりするよう、つまりは出島に押し込めたという訳だった。

「現に今でもオランダの商館は、出島を使う店賃《たなちん》として一年に五十五貫目もの銀を、出島を作った町人や幕府に納めているということだ」

「『銀・五十五貫』でございますか？」

いつもは冷静な稲葉も、さすがに驚いて仰《の》け反《ぞ》った。

銀で五十五貫といえば、一両小判の金に直せば、実に九百十八両もの大金ということになる。これほどの店賃を払ってでも、毎年欠かさず交易に来るのだから、長崎のオランダ商館との商売《あきない》は、どちらにも莫大な利益をもたらすということなのであろう。

その有益な貿易相手であるオランダ商館長に、隠れキリシタンの疑いを向けるということの重大さを、改めて稲葉が実感していると、またも石谷備後守が「格子の外を眺めてみろ」というように、外を指差してきた。

稲葉も素直に従って、外を眺めてみる。

その稲葉の横手から、備後守は赴任の地を広く見渡して話し始めた。

「見ての通り、長崎は、海からすぐに高台が続いておるゆえ平らな土地が少のうて、思うように田畑が作れぬのだ。よって生計《たつき》の基《もと》となるのは異国との交易ばかりで、昔からこの地では、異国と商売《あきない》のできる大商人が誰より力を持っておる。あの出島に金を出した町人たちの子孫だ」

その子孫のうち今は七人の者が、地役人の『町年寄』として、長崎奉行の監督の下、貿易にまつわる諸作業や異国人への対応、町の治安や住人たちの管理といった、つまりは「長崎の市政《ひつじょう》」を実質的に担っているということだった。

「なれば、必定、権勢と金の力で意のままに？」

思わず稲葉が向き直ると、備後守も外の町並みを眺めるのをやめて、横にいる稲葉と目を合わせた。

「さよう。何せ、我ら江戸組は、拙者の家臣を含めても四十余名、おまけに長く赴任する訳でもないゆえ、あれやこれやと煩雑な長崎《こちら》のやりようを覚えて、ついていくのが精一杯というところでな……」

一年交替で長崎に在勤する長崎奉行には、御家人身分の幕臣のなかから「能吏」として奉行が自ら選んできた、騎馬の資格のある与力格の『給人《きゅうにん》』十人と、歩兵である同心格で『下役《したやく》』とそのままに呼ばれる三十人ほどが、配下として、ともに江戸から同行している。

一年だけ在勤する奉行に選ばれてついていくだけだから、彼らの役禄は年俸の形になっていて、『給人』は年俸で百三十両、『下役』は六十二両で、そのほかに引っ越しの代として五十両だの三十両だのと、折々に支給もあった。

だが長崎奉行方の場合、これら給人や下役の者たちの給与は、長崎奉行自身が自分のもらう役料のなかから払ってやることになっている。

長崎奉行は役高としては千石高で、さして高禄ではないのだが、統治に難しい土地でもあり、何より遠国で経費がかかるため、役高の千石とは別に諸事に使える『役料』として四千俵の給付があり、奉行はそのなかから給人や下役に給与を払っていた。

その給人や下役たちを監督指導して、奉行である自分の秘書役を務めてくれる者らも必要だから、奉行は在勤の際、自分の家から用人や若党といった家臣たちを幾人か連れていく。

だが、そうしたすべての配下たちを集めても、やはり江戸組の役人は四十余名がいいところであったのだ。

「給人や下役らに命じて、それぞれ地役人の横暴を許さぬよう、手配いたしてはおるのでござるが、この地の政《まつりごと》は煩雑で、町ごとに地役人も分かれて統治しておるゆえ監督するにも手が足らず、おまけに万事、熟知して手慣れているのは、江戸組《こちら》ではなく地役人《あちら》ゆえな。我が家臣らなども、さまざま口惜しい思いをすることも少なくはないようでござる」

「さようにございましたか……」

江戸から来た目付としては幸運にも、思わず奉行の本音を聞けたようである。

おそらくは以前に目付をしていたこともあり、「目付を相手に隠し事などしたところで、どうせすべてを探られてしまうに決まっている」と考えているのかもしれない。

だがいつもの江戸市中での調査《しらべ》とは違い、よろず勝手の判らぬ遠国での案件ゆえ、こうして奉行が腹を割って何くれとなく聞かせてくれるのは、まことに有難いことであった。

「今日これより出島には手配をして、明日にでもカピタンどののと、再度の面談をはかろうと存ずる。くだんのキリシタンが疑いの文様、ともにご判断をくだされたい」

「はい。是非にも」

うなずき合った稲葉と備後守の横顔の向こうには、出島が遠くかすんでいた。

三

長崎の出島は、町のごく一画を扇の形に切り取って海に浮かべたような島である。聞けば、総面積は四千坪にも満たないそうで、対岸のこちら側から眺めていても、たしかにさして規模の大きい島には思えない。

陸地のこちらと出島とを、ただ一路、繋いでいるのは幕府が架けた橋だけで、遠浅の海に架かったその橋の向こうには、出島への出入りの関所を兼ねた重厚な表門が見えている。

石谷備後守、直々の案内で、稲葉は斗三郎を供《とも》に連れ、出島へと橋を渡った。おそらくは備後守の手配りで、奉行所の役人が出島に先触れをしておいたのであろう。出島の表門の前には、すでに地役人だという羽織袴《はおりはかま》姿の町人が控えて待ってい
た。

「出島の『乙名《おとな》』を相務《あいつと》めております、今村伝兵衛《いまむらでんべえ》でございます」

乙名というのは、長崎の各町に、いわば「町長」としてその町を治めるべく設けら

れていた地役人のことである。「今村」と苗字はあるが、武家の身分な訳ではなく、先祖代々ただの長崎の町人であった。

とはいえ、この今村伝兵衛の先祖も、百年余の前に出島の建設に出資をした二十五人の有力町人の一人である。ことに出島町は他の町とは違って、オランダ商館のための町であるから、貿易に関する業務や、オランダ人の監視と管理、出島内の建造物の修理や改築なども監督して、なかなかに権勢のある乙名であった。

今回こうして正式な幕府の目付として、江戸から稲葉が来ているというのに、今村は何ら緊張も萎縮もせぬらしく、「出島乙名」として堂々とこちらと相対してくる。

（なるほど地役人のこの威風が、先ほど備後守さまが懸念しておられた種か……）

そう出島乙名の値踏みをしながら、今村の案内に従って表門を抜け、出島のなかに入っていくと、とたんそこらにちらほらと異国人が姿を現すようになった。

「…………！」

さすがに声には出さないが、初めて見るオランダの人々の顔形や服装に驚いて、つい目が釘づけになってしまう。つと斜め後ろを振り返ると、控えて歩いていた橘斗三郎も、いつになく目を真ん丸に見開いて、あちらへこちらへと興味を移していた。

「この棟が、オランダ商館長であられる『カピタンさま』のお屋敷にございます」

そう言って今村が立ち止まった一棟は、出島のなかの他の建物と比べると、かなり大きなものであった。

「さようでござるか」

今村の案内に答えて、稲葉も二階建てになった建物に目を上げる。

「なれば、足労をかけるが、カピタンどのにお繋ぎ願おう。して、今のカピタンどのは、御名《おな》を何とおっしゃられる？」

『カピタン』というのは商館長の個人名ではなく、『頭《かしら》』という意味だそうである。

そうしたことぐらいは、まだ江戸にいる間に、斗三郎が調べをつけていた。

「では、申し上げます」

稲葉の問いに、なぜか勿体《もったい》をつけるかのように答えると、今村は、やおら名らしきものを口にし始めた。

「ヘルマン・クリスティアン・カステンスさまにございます」

「…………」

とてもではないが、今、聞いた一度《ひとたび》で、覚えられる訳がない。

稲葉は、すぐ後ろに控えている斗三郎を振り返った。

「橘」

「はっ」

斗三郎は返事をしてきたが、すでにその両手には、矢立《やたて》（携帯型の筆と墨壺）と紙の用意がされている。今の長い名前を書き取ってくれと頼もうとしたのだが、万事、気の利く斗三郎は、すでにこちらの意を読んでいたようだった。

「今村どの」

と、稲葉は素直に、今村に向き直った。

「耳慣れぬ御名ゆえ、やはりこうして耳で聞くだけでは無理なようだ。失礼があってはならぬゆえ、書き取って覚えようと存ずる。かたじけないが、いま一度、ゆっくりとお頼みいたす」

そう言って、稲葉はスッと頭を下げた。横では斗三郎も従者として、それに合わせて静かに頭を下げている。

人にものを頼むのだから、稲葉はしごく当然のこととして礼をしているだけなのだが、どうやらそれは今、周りにいる者たちを驚かせたらしい。

石谷備後守やその配下の奉行所の者たちはもちろん、何より目を丸くして慌てているのが乙名の今村当人で、逆に自分もぺこぺことお辞儀を返しながら、初めて恐縮した声を出した。

「私《わたくし》で間に合うことでございましたら、何度でもお力にならせていただきとうございます。他にも何ぞお困りのことなどございましたら、何なりとお申し付けをくださいませ」

「かたじけない。まこと何くれとなくお頼りすることになるやもしれぬ。よろしゅうお頼み申す」

「はい。ついこの先には、私ども出島の役人の詰めております番所のほうもございますので、まことにどうぞ何なりと……」

こうして妙に馴染みとなった出島乙名の案内で、稲葉と斗三郎は、石谷備後守ら奉行所の役人たちとともに、いよいよオランダ商館長「ヘルマン・クリスティアン・カステンス」に面会することとなった。

カピタン用の二階建てのこの棟は、一階部分が貿易品の倉庫になっており、外階段を上がった広い二階部分全体が、オランダ商館の事務室や応接室、商館長であるカピタンが寝泊まりしたり食事をしたりする居間や寝間になっている。

奉行などの幕府の役人や、大事な商談相手が訪ねてきた時などは、他の部屋より格式高く造られている『大広間』に通すのだそうだが、稲葉も通されたその大広間は、なるほど見たこともないような眩《まばゆ》く煌《きら》びやかな大座敷であった。

乙名によれば、ここは三十五畳ほどもあるという。

それだけならば、日頃、江戸城の大座敷を見慣れた目には何ということもないのだが、ここはぐるりと見まわすと、とにかくもって見たことのない代物《しろもの》ばかりが並んでいるのだ。

まずは天井から吊るされている大行灯《おおあんどん》が驚きで、炎《ひ》の芯が幾つものギヤマンの瓶のなかで揺れている。

そして座敷の真ん中には、料理用の飯台《はんだい》が大きく高くなったようなものがデンとばかりに置かれており、それを囲んで、幾つもの妙な形をした小さな台が並べられている。

他にもさまざま、一体どう何に使うのか判らないような代物があって、さすがの稲葉と斗三郎も場に飲まれそうになっていると、奥の廊下から、いよいよカピタンらしき異国人が現れた。

「江戸より参上いたしました、幕府本丸目付・稲葉徹太郎兼道と申しまする」

失礼のないよう、すかさず先に名乗って深々と頭を下げたが、挨拶を返してきたらしい向こうの言葉が判らない。

『オランダ通詞《つうじ》』と呼ばれている通訳の役人が、こちらの挨拶をあちらへと通訳し、カピタンが話していることについてもこちらに通訳をしてきたが、言葉を発している人物が重なってしまうゆえ、端々《はしばし》を聞き取るのがやっとという状態で、とてものこと何か横から口を挟む隙など見つけることはできなかった。

おまけにどうも、この「ヘルマン・クリスティアン・カステンス」というカピタンは、何かこちらに盛んに訴えたいことがあるらしく、まだ通詞がこちらに通訳をし終えないうちに、次々言葉を重ねてくる。

通訳されてくるその言葉の端々に、「絵」だの「キリシタン」だの「違う」だのと、気になる単語が重なってきて、稲葉にも、このカピタンが何を言いたいのか予想がつくようになってきた。

「まずは、見せていただくのがよろしかろう」

横手から、険しい顔つきで言ってきたのは、石谷備後守である。

その言葉が通訳されるや否や、カピタンは自分の部下らしい者に命じて、懸案の「キリシタンの疑いのある私物」というのを持って来させた。

「おう、稲葉どの。こちらでござるよ」

前に見て、さんざんに揉めたらしい備後守が、少しく皮肉をこめている。

遠くわざわざ江戸から来た目付として、稲葉は公平公正に身を置くため、備後守には答えずに、カピタンに向き直って、こう言った。

「謹《つつし》んで、拝見いたしまする」

通訳の後、稲葉に手渡されたその品は、たしかに見るからに私物であった。

家族の肖像画である。

縦の長さは一尺三寸あまり（約四十センチ）、横幅は二尺近く（約六十センチ）の大きさで、カピタン自身であろう父親と、その妻らしき母親、それに十歳は越えているであろうと見える姉妹らしき娘たちが描かれている。

だが問題は、その肖像画そのものではなく、絵を飾って囲んでいる額縁《がくぶち》のほうにあった。

よく見れば、額縁に描かれた細かい彫り物の文様のなかに、十字架とおぼしき文様が散りばめられているのである。草の蔓《つる》が複雑に絡み合って模様になったそのなかに、十文字の模様が見事に配置されていて、「十字架に似ている」という一点さえなければ、実に美しい額縁であった。

「…………」

正直、判断に困って、稲葉は周囲に聞かれぬよう、かすかにため息をついた。

そのため息を鋭く聞きつけたか、備後守が訊いてきた。

「稲葉どの、いかがでござる？　やはりちと、難儀であろう？」

「はあ……」

すると一体、どんな通訳したものか、通詞の言葉を聞いたカピタンが、また激しく言い始めた。

「違う」「私の家族だ」「この額縁も、娘たちが用意してくれたものだから、絶対に渡さない！」と、通訳されてくる言葉も語調も、どんどん強いものになってくる。

ふと横を見れば、石谷備後守は堪忍袋《かんにんぶくろ》の緒が切れかけているようで、今にも怒鳴り出しかねない真っ赤な顔になっていた。

もうこれ以上、一刻の猶予もないようである。日本とオランダ両国を背負って立っている備後守とカピタンを、はっきりと喧嘩させる訳にはいかないのだ。

「カステンスどの」

カピタンの名前をしっかりと口にして、こちらに注意を向けてもらうと、稲葉はこの六尺（約百八十センチ）以上は優にある異国の商館長に、ていねいにお辞儀した。

「今日は一旦、『据え置き』とさせていただきとう存ずる」

深々と頭は下げるが、語調はきっちり、幕府よりの使者としてのものである。

こうして稲葉は両者を引き分けると、備後守に向かって言った。

「なれば後日、またおうかがいをいたしましょう。ささ、備後守さま……」

「うむ……」

苦虫《にがむし》を潰したような顔の備後守をなだめて、稲葉は出島を去るのだった。

四

その晩のことである。

日が暮れる前までは晴れていて、まるで雨など降りそうになかった長崎は、夜半に驚くほどの雨風になった。

ものすごい土砂降りが強風に煽られて嵐になっているものだから、屋根を打つ雨の轟音《ごうおん》ばかりではなく、横殴りの雨に襲われてガタガタと今にも外れそうな雨戸の軋《きし》みや、おそらくは外の通りを桶か何かが風に飛ばされて転がっていくのであろう音などが引っきりなしに鳴り響いて、とてものこと寝てなどいられない。

稲葉ら一行・六人は、長崎の町の世情を少しでも探ろうと、二人ずつ三手に分かれ、わざと市中の別の町に旅籠を取って宿泊していたのだが、ことに稲葉と斗三郎は出島の対岸にあたる海沿いの低地の町に泊まっていたものだから、大量の雨が高台から流れてきて道が川のようになり、旅籠の者たちも大騒ぎになっていた。

外から水が入らないよう、店前に土を詰めた俵を並べて土手のようなものを作ったり、万が一を考えて、土間の玄関や台所から水に濡れては困るものを床上に運び上げたりと、旅籠の主人の指揮の下、皆てきぱきと動いている。

世情視察を兼ねている稲葉と斗三郎は、二階にある自分たちの宿泊部屋から一階へと下りてきて、他にも雨を心配して出てきた旅籠の客たちと話しながら、忙しく立ち働く店の者たちを眺めていたのだが、皆「こうした雨風には慣れている」という風であった。

その皆の様子が落ち着いてきたのを見計らって、稲葉は帳場にいた店の主人に声をかけた。

「ちと、ご亭主、よろしいか？」

「はい。何でございましょう？」

こちらが目付であることを隠さず話してあるためか、主人はあわてて帳場を出て駆け寄ってきて、いかにも「御用をうかがいます」というようにひざまずいてきた。

「いやな、万事お手配りが見事でござったゆえ、感心して拝見いたしておったのだが、ここらでは、こうして雨風に見舞われることはよくあるのでござるか？」

「はい。今日などはまだ良いほうで、ひどい時には、こちらまで水が上がってまいりますので」

そう言って主人が手で示したのは、今、自分たちが立っている一階の畳である。

「なんと……！　畳の上までも上がってまいるか？」

そこまでとは思っていなかったので驚いて、稲葉が目を丸くしていると、「はい」と主人は、その先を付け足してこう言った。

「それでもここらは『まだしも』でございますが、海に突き出た出島のほうは、毎度ずいぶんな被害になるそうでございます」

「おう。いや、さようであろうな」

稲葉は「さもありなん」と、思わず横にいる斗三郎と顔を見合わせた。

今日、昼間、二人が見てきた出島を囲む白塀は、たしかに何だか驚くほどに低くて、頼りない感じのするものだったのである。

護岸で積まれた石垣は、さほど脆《もろ》そうには見えない。だがその石垣の上に、ぐるりと扇の形に島を囲んでいる塀は、まるでどこぞの寺か武家屋敷にでもあるような白漆《しろしっ》喰《くい》の土塀《どべい》で、瓦《かわら》屋根の飾りもついて見た目にはきれいなものの、とてものこと海からの荒波に耐えて出島の内部《なか》を護ることができるほどには、高さも頑丈さもないように見受けられた。

「正直なところ、あれでは江戸の少し大きな旗本屋敷が、そのまま海に突き出されたようなもの……。いくら静かな湾の内《うち》とは申しましても、荒波の際などは塀が崩れることもございましょうて」

百年も前の大昔とはいえ、護岸や塀を造ったのは幕府のはずで、その塀を酷評して、斗三郎が歯に衣を着せずに言ったのは、二階の部屋に戻ってきてからのことである。

「さようさな」

もとより二人きりのこと、稲葉もしごく本音で話していた。

「五十五貫という賃料のわりには、出島のなかは、ちと家の造りも安普請《やすぶしん》の風であったな」

「はい。しっかりと造られておりましたのは、交易の品々のための蔵ばかりで、くだんのカピタン屋敷なども、良きものは調度のみにございました」

「うむ」

うなずいて、稲葉は外の雨風の具合に耳を澄ませた。

「風はまだ出ておるようだが、雨は止んだか……」

「はい。出島も他所《よそ》も大事《だいじ》ないとよいのでございますが……」

「まことにな」

二階の屋根を叩いていたあの激しい雨音も止み、二人は程なく、ようやく落ち着いて床《とこ》についた。

だがその頃、出島では雨風の被害ばかりではなく、それに加えてとんでもない被害が明らかになっていたのである。

斗三郎から「出来が良いのは調度ばかり……」と辛辣《しんらつ》な批評を受けたあのカピタン屋敷の一階の倉庫から、これから売りに出す予定の積荷の一部が盗まれていたことが発覚したのだ。

幕府も、長崎の町人たちも、皆が揃って欲しがる高価な輸入薬の一つ、「煎じて飲めば、さまざま万能に効用がある」とされている『サフラン（泊夫藍）』が盗まれていたのであった。

五

盗難の報せが、宿にいた稲葉らのもとに届いたのは、翌朝のことである。

石谷備後守から命《めい》を受け、奉行所の役人が報せてきたのだが、その者の案内で急ぎ稲葉と斗三郎が駆けつけると、出島のなかはどこもかしこも泥だらけであった。

むろん宿を出てここまで来る間の道筋も、いかにも大雨が降った後という風にぬかるんではいたのだが、ことこの出島のなかに至っては「ぬかるんでいる」などという生易《なまやさ》しいものではない。

護岸の塀も建物も壊れてこそいなかったが、やはり昨夜の荒波は、百年前に幕府が造った低い塀を、ジャボン、チャポンと幾度も幾度も越えてしまったようである。

幸いにして、幾つかある蔵のほうには被害が出ずに済んだというが、出島乙名ら町役人たちが詰める番所にも、カピタン屋敷の一階にも、雨水と海水が混ざった泥水が流れ込んできて、ひどい時刻《ころ》には一尺（約三十センチ）近くの深さにも水が達していたのだという。

水はもうさすがに引いているのだが、あちらでもこちらでも泥水に浸かってしまった荷や家財道具を洗ったり、屋内に入った泥を掻き出したりしていて、出島付きの地役人であろう町人たちも、オランダ商館の職員であろう異国の風貌の人々も、雑多に混ざり合って清掃作業を進めている。

「これはこれは、御目付さま！」

そう言って遠くから、泥だらけの草鞋履《わらじば》きで駆け寄ってきたのは、昨日いた出島乙名の一人、今村伝兵衛であった。

「どうもお足元の悪いなか、お出ましをいただきまして……」

まんざら社交辞令という風でもなく頭を下げて、やはりこの今村は、稲葉を懇意に感じているようである。

「いや、まこと、難儀なことでござったな……」

稲葉のほうも本心からそう言って、泥を掻き出したりしている周囲の者たちを改めて見まわした。

「不幸中の幸いにして『怪我人はない』とうかがってはおるのだが、その後も、何ぞ身体の具合を悪くした者などおらぬようか？」

昨夜の風雨とは一変しての、今日のかんかん照りだから、疲れと暑さで体調を崩している者がいないかと、そこを案じているのである。

「はい。おかげさまにて、皆、変わりなく元気なようにございますので」

「さようか。なれば、よかった」

人命に大事がないということであれば、あとは懸案の盗難のほうである。

稲葉は奉行所の役人のほうに向き直ると、出島の奥まったあたりを指差した。

「たしか『サフラン』なるものが盗まれたのは、カピタンどのがお屋敷の荷置き場でござったな？」

「はい。すでに奉行所のほうから、備後守さまもお見えになっておられるかと存じますので……」

　と、そう言った役人の言葉を聞いて、横手から今村が口を挟んできた。

「御奉行さまでございましたら、今はカピタンさまとご一緒に、他にも盗難の被害はないか、別の蔵などお見廻りでございます」

「さようでござるか」

　教えてくれた今村にうなずいて見せると、稲葉はつと考えて、言い出した。

「なれば、ご両人が戻られるより先に、まずは盗難の仔細について、おうかがいいたそう。なにぶん間に通詞が入っての話では、難しゅうなるゆえな」

　カピタンと話すとなれば、またも間に通訳が立つことになって面倒だから、今のうちに、何がどう盗まれたのかだけでも耳に入れておきたいのである。

「そのことでございましたら、私が大方、心得ております。どうぞこちらに……」

　またも乙名の今村伝兵衛がはりきって、盗難現場であるカピタン屋敷の荷置き場へと、稲葉たちを先導していくのだった。

カピタン屋敷一階の荷置き場は、すでにすべての荷が運び出されて空っぽになっていた。床を覆っている泥も、あらかたは掻き出されてあり、復旧も先が見えている。

稲葉や斗三郎たちが、そんな屋内《なか》の様子を眺めていると、乙名の今村がカピタンの事務所や住居になっている二階から、肩幅ほどの麻袋を一つ持ち下ろして、見せてきた。

「これが『サフラン』でございます」

言いながら、ひょいとそのまま稲葉へと渡してくる。

受け取って抱《かか》えてみて、稲葉はその軽さに驚いた。

「ほう……。『サフラン』と申すは、こんなに軽いものなのか」

「はい。なにぶん、花の乾いたものでございますので」

オランダ商館の荷に詳しい今村の話によれば、このサフランという生薬《しょうやく》は、異国に咲く小さな花の赤い雌《め》しべを集めて、乾燥させたものなのだそうである。

サフランのような舶来品の生薬は、百二十匁《もんめ》（約四百五十グラム）を一斤《きん》（英斤＝ポンド）という単位にして、目のつんだ高級な麻袋に入れて貿易用の荷姿とし、その袋の数で一斤、二斤と売買していた。

だがこの『サフラン』一斤、つまり一袋分の乾燥した雌しべを集めるには、五万本以上のサフランの花が必要になるのだそうで、それゆえ今、商品として扱われている『サフラン』の多くは、雌しべだけではなく黄色い雄《お》しべも一緒に採取して乾燥させた代物で、こうしたものは雌しべのみ集めた最高級品よりも、値が落ちるということだった。

「良い品は、こうした麻袋ではなく、ギヤマンの瓶《びん》などに詰め直すようでございまして……」

オランダ商館でもそうした高級品も扱ってはいるのだが、もとより入荷の量が少なくて、すでに幕府に献上したり得意先に売ったりと、捌《さば》いてしまった後なので、今の時点で残っているのは麻袋に詰められた、いわば中等品であるという。

とはいえ、いくら中等品でも『サフラン』は高価な薬には違いない。

「して、どれくらい盗まれたのだ？」

稲葉が訊くと、今度は奉行所の役人のほうが答えてきた。

「六斤だそうにございます」

話によれば、このカピタン屋敷の荷置き場には十斤、すなわち十袋の『サフラン』が残っているはずであった。

現に昨夜、「荒波が塀を越えて、島のなかに入り始めている」との報せが番所の地役人から入り、カピタンが大慌てで一階《した》の荷を二階《うえ》へと運び始めた時には、『サフラン』の袋は十袋きちんと重ねられていたという。

「なれば、あの風雨のどさくさで、六袋も運び出されてしまったということか？」

驚いて稲葉が言うと、役人も今村も「いえ」と揃って首を横に振ってきた。

「もうすでに、入れ替えられていたのでございます」

「…………？」

目を丸くしている稲葉に、今度は乙名の今村が状況の説明をし始めた。

「昨夜は私、番所で泊まりの当番でございましたので、他の二人の下役の者らとともに、交替で不寝の番をしていたのでございますが……」

どうやら昨夜は雨より先に風がひどくなっていたらしく、番所で今村たちが気づいた時には、すでに時折、荒波が塀を越えて、ジャボン、ジャボンと入ってきていたという。

「おまけに雨も強うなってまいりましたもので、『これはいけない』と私ども三人で、カピタンさまの屋敷《ところ》やら、船員さんたちの宿舎《ところ》やらと、大慌てで報せてまわりましたので」

それゆえカピタン屋敷にもすぐに船員たちが駆けつけて、カピタンの指示で他の蔵にも手を分けた後に、残った幾人かとカピタンと今村で、急いで荷を二階へと上げていったそうだった。

「ただ一階《した》は荷が多うございますし、なにぶんにも階段で混み合うものでございますから、思うようには荷運びが進みませんで……」

カピタンの指示のもと、皆で懸命に運び上げてはいたのだが、荷のうちの幾つかは間に合わずに、水に浸かってしまったものがあったという。

そんな荷の一つが、十袋、高く積み上げられた『サフラン』の一番下の一袋だったのである。

「ですが、その『サフラン』が、いっこう赤《あこ》うなりませんので……」

「赤う?」

「はい……」

さっき今村が教えてくれたよう、生薬の『サフラン』は、サフランという花の雌しべを乾燥させたものである。

この雌しべは本当に鮮やかな緋色《ひいろ》で、煎じて薬湯にすると、緋色が溶けて橙《だいだい》のような色になった。

そうしてこれは火にかけずとも同じことで、ただ水に浸けておいただけでも、『サフラン』の緋の色は少しずつ溶け出して、橙とまではいかないまでも「黄色い水」くらいにはなってしまうはずなのである。

「現にもう随分と昔の話ではございますが、以前、あちらの荷運び人足が過《あやま》って『サフラン』を一斤、海に落としたことがございまして……」

さすがに海でのことだから、海の水が黄色く見えるほどにはならなかったが、水濡れしてしまった麻袋には、はっきりと黄色や橙色の染みが浮かんでいたという。

「ほう……。したが、昨夜の『水に浸かったサフランの袋』からは、いっこう色が出なかったという訳か？」

「はい」

と、今村は、先を続けた。

「それゆえ皆で気づいて驚きまして、急いで袋を開けまして確かめてみましたところ、中身はすべて枯れっ葉の乾いたものでございました」

「なるほど……。では二階に上《う》げたもののなかにも、枯れっ葉の袋が混ざっていたということだな」

「はい。二階に五袋、一階に残った一袋で、合わせて六袋、すでに入れ替えられていたようにございました」

「うむ……。して、この一階の荷置き場に、常日頃より出入りができる者はどれくらいおるのだ？」

稲葉が訊くと、今村は明らかに困ったような顔になった。

「『出入り』ということで申しますなら、ここには別段、番人をつけてある訳ではございませんので、誰でも忍んで入ろうと思えば入ることはできましょうが……」

それというのも、このカピタン屋敷の一階に収納されている荷は、オランダ商館の決まりによれば『脇荷物《わきにもつ》』といって、カピタン以下、商館の職員たちが自由に船に持ち込んで日本で売ることを許された、いわば私有の商品なのである。

日本の幕府や町人の貿易商などに向けて、オランダ商館側が会社として正式に売る品については、『本方荷物《もとかたにもつ》』と呼んで別にして、早々と売りさばいて会社が納得するほどの利益にしてしまうのが、カピタンの腕の見せ所である。

つまりは昨夜、盗まれているのが発覚した『サフラン』は、カピタンが自分で売って儲けるために置いてあった私物の商品だったのだ。

「さようであったか……」

なら、ここにいっさい番人が立っていなかったのも、うなずけるというものである。

日本側の人間が盗んだものか、はたまた商館員の誰かがくすねたものか、それを見分ける手段《すべ》を見つけなければならないと、口には出せず、稲葉が沈思していると、外の通りからにぎやかに話し声が聞こえてきて、カピタンや石谷備後守ら一行が戻ってきた。

「おう、稲葉どの。すでに、おいででござったか」

「はい」

稲葉を見るなり、石谷備後守は、まるで味方を得たかのように嬉しそうな顔つきになった。

「いや、こたびはどうも、さまざま思案に難儀なことばかりが重なってな。『泣きっ面《つら》に蜂《はち》』というのは、このことでござるよ」

たしかに備後守の言う通り、隠れキリシタンの詮議も済んでいないというのに、今度は盗難事件なのである。

備後守は、江戸では勘定奉行も兼任しているほどの人物で、おそらくはそれなりに自分に自信があるものだから、こうして目付の稲葉を相手にしても、平気で愚痴めいた冗談を言うことができるのであろう。

だが今の備後守の軽口を、通詞はわざわざ通訳してカピタンに伝えたらしい。おまけに一体どんな通訳をしたものか、聞き終えたカピタンは急に険しい顔になり、何やら言って備後守に喰ってかかってきた。

「………？」

だがむろんカピタンはあちらの言葉で怒っているし、通詞はその勢いに飲まれて、通訳が間に合わなくなっているから、備後守にも稲葉にも意味はちっとも判らない。

「……え？　いや、何と？」

自分に怒っているらしいとだけしか判らない備後守が、思わず稲葉と困った顔を見合わせた時だった。

これまではカピタンが激して話すのを聞く一方になっていた通詞が、ようやく訳す言葉が見つかったか、急に通訳をし始めた。

「嫌なことばかりが起こって、うんざりしているのは、こちらのほうだ。何でもない私の妻子の絵を取り上げようと、難癖をつける暇があったら、領地の民に盗っ人が出ぬよう、しっかりと領地《くに》を治めるがよろしかろう」

「なにっ？」

と、さすがに備後守も気色《けしき》ばんだ。

「盗っ人が、こちらの者とは限らぬではないか！　貴殿こそ、ご自身の配下に寝首などかかれぬよう、お気をつけなされ！」

備後守が言った言葉を、おそらく通詞はそのままに通訳してしまったのであろう。カピタンが、これははっきり怒号と取れる声で、早口でまくし立て始めた。

とたんに通詞がついていけなくなったか、黙り込んだ。

だがすでにこうなるというと、相手が何と言っているのかその内容など判らなくとも、互いに口論はできるのだった。

「そも、番人の一人も置かぬから、こうなるのではないか！」

備後守が、稲葉《こちら》のよく判る内容で反論し、その意味を知ってか知らずか、カピタンがいよいよ怒って、つかみかかりそうになった時だった。

「カステンスさま！」

外から声が聞こえたかと思うと、表の通りから、女が一人、こちらのなかへと飛び込んできた。

「それ以上はいけません、カステンスさま。これも大事なお仕事でございましょう？」

そう言って、女は皆の面前だというのに平気で横からカピタンに抱きついて、何やら今度は通詞顔負けの流暢《りゅうちょう》さで、向こうの言葉でなだめるように話しかけている。

出島への出入りを許されている女人は「遊女だけ」と決まっているから、この女もやはり遊女ではあるのだろう。

だが女はどう見ても三十代の半ばほどにはなっているものと思われて、こんな年齢の女が遊女で、それも一番偉いカピタンの相手になっていることが、江戸から来たばかりの稲葉には、にわかに信じられないことではあった。

女はまだ懸命に何やらカピタンに話しかけて、見上げるほどに背の高いカピタンの肩やら頬やら背中やらに手を伸ばし、幼子をあやす母親のように優しく撫でまわしてやっている。

その女のなだめの甲斐があってか、カピタンは何やら通詞に短く言うと、ぷいっとこちらに背を向けて、二階へと一人で上がっていってしまった。

「『大人気なく怒鳴ってしまって悪かったが、今日は帰ってもらいたい』と、そう言っておいでてございました」

「……ふん」

通詞の通訳を聞き終えて、鼻を鳴らしたのは、石谷備後守である。

「なれば『こちらも失礼した』と、一言、伝えておくように……」

「ははっ。では、さっそく」

カピタンを追いかけて、通詞が二階へと上がっていく。

　そうして通詞がいなくなると、備後守は稲葉を振り返ってこう言った。

「出島のなかは、他に盗まれた荷はないようであった。正直、胸糞《むなくそ》は悪いが、盗っ人の詮議はせねばならぬ。これよりちと、伝兵衛が番所《ところ》へ場を変えて、詳しゅう話を聞こうと思うが……。稲葉どの、そなたらはどうなされる？」

　そう言って、稲葉と斗三郎の二人に目を合わせてきた備後守に、稲葉はうなずいて見せた。

「なれば、是非にも、ご一緒に……」

　稲葉が、そう答えた時である。

「御目付さま」

　と、後ろから先ほどの遊女らしき女が、突然、声をかけてきた。

「あの、カステンスさまのことで、折り入ってお話が……」

「…………？」

　どういうことであろう。稲葉は驚いた顔をそのままに、女のほうへと向き直った。

「いや。『カピタンどのの話』というなら、まずは備後守さまにお聞きいただいたほうがよろしかろう。そなたもこのまま我らとともに、今村どののお番所に参られよ」

「いえ、それは……」

と、だが女は首を横に振っている。

「…………」

困って稲葉が黙り込んでいると、「よい、よい」と石谷備後守が、横手から苦笑いで言ってきた。

「稲葉どの。ちと面倒をおかけいたすが、よろしゅうお頼みいたす」

「……はい。では」

そう答えはしたものの、備後守が今村たちと何を話すか、やはり聞いておきたいところである。

すると、そんな稲葉の心を読んだように目配せをして、斗三郎が備後守や今村のほうに一緒について出ていった。

後に残ったのは、稲葉と女の二人きりである。

こうして「話をする」と決まれば、女が一体、何を思って稲葉《こちら》を呼んで、「二人きりで」とごねたのか、本音のところを聞き出さねばならない。

「どうだな？」

稲葉はわざと飄々とした顔をして、女に向き直った。

「話の向きによろうが、やはり、ここではよろしゅうないか？」

そう言って、ちらりとカピタンのいるであろう二階に目を上げる。

すると女も二階を見てから、目を戻して、言ってきた。

「出島を出ましてすぐのところに、水茶屋がございますが……」

「さようか。なれば、参ろう」

「はい」

外に出て、稲葉が通りを歩き出すと、女は心得ているものか、稲葉が遊女連れだと思われないようにするためか、とんでもなく後に離れてついてくる。

その女に息を合わせて、稲葉もいっさい振り返らずに、すたすたと出島を出ていくのだった。

六

女は名を「玉菊《たまぎく》」というそうで、やはり歓楽街で有名な丸山町《まるやまちょう》にある遊女屋の一つ、『亀屋《かめや》』の古参の遊女であった。

こちらから年齢《とし》を訊いた訳ではないのだが、やはり出島で見た時に思った通り、玉菊は今年で三十七になったそうだった。

稲葉より、都合、三つも上ということになる。

「江戸からいらしたお方には、滑稽でございましょう？　けれど長崎におりますと、お相手は異国の方が多うございますし、お好みも千差万別でございます。それに何より、異国の方はお身体が大きいせいか、私ら遊女をだいぶん若く見積もってくださいますので……」

現に今のカピタンの「カステンスさま」も、玉菊のことを二十三、四の女だと思っているそうだった。

「でも、どうか、おっしゃらないでくださいましよ。せっかく十も若く見られているのでございますから」

「うむ。相判った。商売の邪魔はせぬ」

「まあ」

玉菊はくすくすと笑い出したが、つと、真顔になって、こう言った。

「やっぱり伝兵衛さんのお見立て通り、『稲葉さま』は、江戸のお役人の皆さまのなかでも、すごいお方でいらっしゃるのでございましょうね」

「え？　『伝兵衛さん』と申すと、あの乙名の今村どのか？」

「はい。昨日から何かと言うと『稲葉さま、稲葉さま』と、伝兵衛さんは稲葉さまにぞっこんでございますもの」

「…………」

こんな具合に手放しで褒められて、何と答えればいいものか、稲葉が対応に困っていると、「稲葉さま」と横で玉菊は一転、しごく真面目な声を出した。

「少しぞんざいに申し上げます。商館のカピタンさまのことでございますが、あの方は日本《こちら》でいうお武家さまのような、『オランダのお役人さま』ではございません。たぶん、たとえて申しますなら、大店《おおだな》の『番頭さん』といったところで、お店の主人の『旦那さま』ですらないのでございます。そうしたことを、江戸のお武家の皆さま方は判っておいでございましょうか？」

「…………」

痛いところを突かれて、一瞬、稲葉は考え込んだ。

「どうであろう？　『商館』と申すのだから、たしかに商人《あきんど》であるはずなのに、そういえば『カピタンどの』と呼ぶ際なども、どことなく何かの奉行か頭《かしら》のごときに考えていたやもしれぬ」

「……稲葉さま……」

玉菊はふっと頬をゆるませた。

「伝兵衛さんの言う通りでございますね。本当に稲葉さまというお方は、お強くて、お優しい……」

「………」

またも答えようなく黙ってしまった稲葉に、玉菊はやおら居住まいを正して、ていねいに頭を下げてきた。

「カステンスさまがお持ちの『あの絵』のこと、どうか、許してさしあげてくださいませ」

「え……?」

意外な話の矛先《ほこさき》に、稲葉が目を丸くしていると、玉菊はまるで自分のことのように、すがる目で見つめてきた。

「カステンスさまは、日本《ここ》ではまるでどこぞの藩のご藩主さまのようでございますけど、お国《くに》に帰れば、大店の奉公人でございますもの」

すがる目で話すわりには、いかにも年経た遊女らしく男を値踏みした内容であったが、それでも玉菊は先を続けて、こう言った。

「あの絵のことで幕府と揉めて、万が一にも交易が断たれるような事態《こと》になりましたら、あの方はお店にとんでもない大穴をあけてしまうのですから、生きてお国に帰ることなどできません。あと少し、あとほんの三月《みつき》か四月《よつき》で、どうせ帰ってしまわれる方なのでございます。あの絵の額がキリシタンの模様であろうとなかろうと、あの方が出島を出るまでは、決して『布教』などせぬよう、私がずっと近くで見張りますから、どうかあのご家族の絵を取り上げずにいてやってくださいませ」

商館長の仕事は、基本、一年で交替するのが決まりになっているから、夏の終わり頃には潮を見て、次のカピタンを乗せたオランダ船が長崎へ到着するのである。

カピタン屋敷の二階には、カピタンが居間や寝間として使っている十五畳の自室の奥に、『女中部屋』と呼ばれる十畳ほどの続き部屋があり、玉菊は去年カピタンに気に入られてからというもの、そこを自分の部屋として毎日あの屋敷で暮らしているから、必ず見張りは務められると、そう言った。

「……相判った」

稲葉はきっぱりとうなずくと、玉菊に向かい、嘘もごまかしもなく、こう言った。

「こたび目付方である我らが遠く江戸から参ったは、まさに額絵のあの文様の是非《ぜひ》なのでござる。ご禁制のキリシタンのことゆえ、今ここで『構いなし』と確約できるものではないが、目付としての拙者の意向《はら》は、これで決まった。すまぬが、後は預けてくれ」

「はい。よろしゅうお願いいたします」

玉菊も頭を下げて、いさぎよくすべてを預けてくる。

「うむ」

それきりもう稲葉も黙って、さして美味《うま》くはない水茶屋の薄い茶を飲んだ。

目を伏せて、ほっとしたように顔をゆるませている玉菊は、改めてよく見れば、やはり「若かりし時分は、どんなにか……」というほどに整った顔形を持っている。

そういえば、先日、立山奉行所を訪ねた際、奉行の石谷備後守から聞かされた言葉があった。

「長崎は田畑が少ないゆえな……。必定、異国人との交易と、見目の良い女の稼ぎで保《も》っておるのさ」

そんな土地柄であるから「遊女」とはいっても江戸とは違い、堂々と街なかを闊歩して、地役人とも幕府の役人とも平気で大声で話もし、三十をはるかに越えても自分の度量で遊女を続けていられるのかもしれない。

あの備後守の言葉を思い出しながら、稲葉は、玉菊の少しく皺《しわ》の浮いた首元を眺めるのだった。

七

その晩のことである。

宿に戻った稲葉と斗三郎は、他の四人の配下たちも一堂に集めて、これまでにそれぞれが調べ集めてきたことの報告をし合っていた。

「なれば、あの玉菊と申す遊女が、『見張りの番』に立ってくれると申しますので？」

訊き返してきた斗三郎に、「うむ」と、稲葉はうなずいて見せた。

「あの者の申しようではないが、『商館』とても、これまでせんかった布教などして、交易をむざむざふいにするつもりはなかろう。額絵のことは、おそらくそのままに放っておいても、大事にはならぬ」

「さようでございますね」

斗三郎も同意して、次にはつと配下の者たちに目をやった。

「して、商館の船員たちについては、どうであった？」

実は今朝、斗三郎は、自分が稲葉の供をして出島へと出かける前に、あの宿の主人を呼んで、他の四人が宿泊している旅籠まで文を届けてもらえるよう、頼んでおいたのである。

宿には徒目付と小人目付を一人ずつ組み合わせて、二ヶ所に分けて泊まらせてある。

その二ヶ所、両方の宿に一通ずつ、「出島で盗難があった」事実を記した上で、調査の指示を出したのだが、片方には「オランダ商館の船員たちの評判について調べるように」と命じておき、残る一方には「出島に出入りする町人や奉行所の役人について、怪しい人物《もの》はおらぬか否か調べよ」と、調査の矛先を分けて命じておいたのであった。

「商館の船員の仔細でございますが……」

口火を切ってきたのは、徒目付の梶山要次郎である。

「ただいま出島におります商館員は、カピタンも含めて三十人ほどございました」

うち、カピタンの補佐役である次席の商館長が一名、外科や本道《ほんどう》（内科医）と思われる医者や助手が三名ほど、料理人と思《おぼ》しき者が数名、大工や庭師、商売《あきない》の勘定役が六名で、あとは荷運びやカピタンら上級船員の下男として働いているようだった。

「して、そのなかに評判の良からぬ人物《もの》はおらなんだか？」

横手から稲葉が訊くと、梶山は、さらに張りきった顔をして答えてきた。

「今残っております者は、おおむね人柄も穏やかで、出島の地役人たちにも評判が良いようでございまして……」

それというのもそもそもオランダ商館の船には、商館が直に奉公人としてオランダで雇っているカピタン以下の商館員たちと、それとは別に船の大きさに合わせてその時々に雇い入れる荷運びや航行の雑務を行う人足たちという風に、大きく分けて二種類の雇用形態の者たちが、ごったに乗ってくるそうなのである。

「このうち、やはり臨時雇いの者たちに関しては、どこで聞いても評判が悪うございました」

オランダ船は潮の具合の関係もあり、たいていは晩夏あたりに長崎に到着する。

船の大きさにより何艘にも分かれてくる年もあるのだが、どの船も、積んできた荷物をすべて下ろしてしまうと、船の重心が上がって転覆しやすくなってしまうため、荷を売った代金として支払われる銀や銅を、船から出した荷物と交換に、船底に積んでおかねばならない。

そのため船荷の運び出しは、荷の売買をしながらの長期戦になるのだが、この積み下ろしの二ヶ月か三ヶ月の間、船荷運びの人足として長崎の町人たちも船や出島に出入りをするため、オランダ船の船員たちとも接する機会が多いのである。

「いや、そうした積み下ろしの時期の船員たちは、ずいぶんと荒っぽいそうにございましで……」

　オランダ船に乗ってきた者たちは、基本、出島以外の陸地に足を踏み入れることは許されていないから、荷の積み下ろしをしている数ヶ月の間は、出島の宿舎と船の中とに分かれて寝泊まりすることになる。

　カピタンや上級船員である商館員の者たちは、臨時雇いで気心の知れていない者たちをあまり信用してはいないらしいということで、そうした船員たちは出島の沖に停泊させた船のなかに寝泊まりをさせ、自分たち商館員だけが夜も出島に残って宿泊するというのである。

「去年の船は大小で二艘あり、どちらも夏の終わりに長崎に参って、十月の半ばには自国に向けて戻ったそうで、船とともに臨時雇いの荒っぽい船員《もの》たちは帰っていったそうにございました。必定、今の残った者たちは、自国に戻ることを願うばかりの、きわめておとなしい男ばかりだそうにござりまするる」

「さようか……」

　うなずいて、稲葉は今度は、別の徒目付に目を移した。

「して、山倉《やまくら》、そなたがほうは、いかがであった？」

「はい」

今、稲葉に「山倉」と呼ばれた男は、二十五歳の徒目付・山倉欽之助《きんのすけ》である。

この山倉には、三十二歳の小人目付である蒔田仙四郎を一緒につけてあるのだが、蒔田は万事に気の利く「切れ者」であり、山倉とはよく組んで一緒に仕事をしているから、まだ年若い山倉の補佐を任せても大丈夫なのである。

今も山倉と蒔田は、一瞬小さく言葉を交わして、報告すべき事柄について、意思の疎通を行ったようだった。

「こちらがほうも『荷揚げの頃か、否か』で、出島に出入りの人数がだいぶんに違ってくるようでございまして……」

荷運びのある数ヶ月の間は、長崎市中のあちこちの町から大勢の町人たちが人足として出入りをするし、荷の値段や配布先を決めるために奉行所の役人や地役人たちも毎日のように出島に来るから、もしそうした繁忙期に『サフラン』が盗まれていたならば、盗んだ者を特定するのは困難になると思われる。

だが一方、もし『サフラン』の盗難が、荷揚げも終わり、船がオランダに帰った後のことならば、まだ出島に出入りを続けている日本《こちら》の者の人数など、高が知れているのだ。

「もし事実、出航後のことでございましたら、出入りの者を一人ずつていねいに当たれば、何ぞか見えてくるのではございませんかと……」

「おう、山倉。それなれば、『出航の後《のち》』と思うてよいぞ」

そう言ったのは、橘斗三郎である。

「今日、出島の番所で今村が申していたのだが、船が出て一月《ひとつき》近くが経った頃か、カピタンが所蔵の『サフラン』を買いに参った商人があり、その際に、『どの袋の品がよいか』と、だいぶ値踏みをしたというのだ」

その時分には、まだ『サフラン』は二十袋以上あり、カピタンは高く買ってもらうためにすべての袋を残らず開けて品の良し悪しを判断させたというから、必定、『すり替え』は、その後ということになる。

「うむ。なれば、いくぶん『五里霧中』から脱したか……」

皆を改めて見まわして、稲葉は会議のまとめに入った。

「調査《しらべ》については、やはり長崎の支配は奉行所ゆえ、万事、備後守さまにご報告を上げつつ進めねばならぬが、万が一、奉行所の誰ぞが関わっておれば、事は厄介になる。そのあたりも含めて、慎重に調査を頼む」

「ははっ」

こうして翌日からも引き続き手を分けて、稲葉ら六人は長崎の町を奔走するのだった。

八

調査の先に、一筋の光明が見えてきたのは、五日目のことであった。

商館員のほうではなく、出島に出入りの町人たちを調べていた山倉と蒔田から、

「ここ半年あまり、やけに金遣いが派手になった男がいる」

との報告があったのである。

男は名を「政七《まさしち》」といい、出島のなかにある『料理部屋』で働いている二十二歳の料理人である。

出島に住む商館員たちは、昼と夕の一日二回、カピタン屋敷の二階にある三十五畳ほどの大広間に集まって、皆で食事を取る習慣になっており、その全員分の食事を作る台所としてカピタン屋敷のすぐ裏手に建てられている小屋を、『料理部屋』と呼んでいるらしい。

三十人分の料理を作らねばならないため、下働きの助手のような者も含めると、休日の交替もあって、今は八人の料理人がいるのだが、そのうち二人は商館に雇われた

日本人の板前であった。

「もう五十になる『源三《げんぞう》』と申す板前と、くだんの若い『政七』の二人が、師弟のような具合で勤めているそうにございます」

山倉の話では、今のカピタンは日本の料理をめずらしがって気に入っており、味噌汁や焼き魚、豆腐や青菜の煮付けなどといった簡単な料理は、毎夕、必ず一品か二品、商館員が皆で囲む長卓に並べさせるそうだった。

「ことにカピタンが気に入りは、政七がよく作る菓子だそうにございまして……」

「菓子？」

稲葉は何という気もなく訊ねたのだが、元来が生真面目な山倉は、それについて調べてきた蒔田のほうに、詳しい報告をさせたほうがいいと考えたようだった。

「仙四郎、頼む」

「はい」

こうしてわざわざ報告を代わっただけあって、蒔田の調べてきた菓子のくだりは、実に興味深いものだった。

料理人の政七は、以前、長崎市中の大店の菓子屋に奉公していて、幼い頃からその菓子屋の厨房で下働きをしながら菓子作りを習っていたためもあり、饅頭《まんじゅう》や干菓子など、味も良く、見た目にもきれいな菓子をこしらえては、甘いもの好きのカピタンを喜ばせていたというのだ。

「時折は暇つぶしのつれづれに、政七をカピタン屋敷に呼び寄せまして、目の前で菓子を作らせ、愉《たの》しんでもおるようでございます」

菓子作りは工程が複雑で、ことに仕上げの作業などは、美しく形を整える技に見応えのあるものが多いから、カピタンは商館員たちが集まっている時も、自分や玉菊が二人きり暇を持て余している時なども、出島の対岸の町の長屋で暮らしている政七を呼び寄せて、目の前で菓子を作らせているそうだった。

「ん？　ちと待て」

蒔田の話を止めたのは、稲葉であった。

「その政七とやらは、遊女の玉菊の前でも、菓子を作っておるということか？」

「はい。饅頭はともかく干菓子などは、実際、他の商館員たちには好まれておりませんようで、もっぱらカピタンと玉菊を相手にこしらえているそうにござりまする」

「…………」

黙り込んだ稲葉の顔が、いよいよもって険しくなった。

「いかがなさいましたか？」

横手から訊いてきたのは、山倉や蒔田の報告を宿で一緒に聞いていた斗三郎である。

「いや。ちと、玉菊が妙なのだ……」

「玉菊が？」

「うむ……」

先日の六人揃っての会合の、すぐ翌日のことであるが、稲葉はつと思いつき、出島から玉菊を呼び出して、くだんの茶屋でまた話をしたのである。

「いやな、『カピタンを見張る』と申してくれた玉菊ゆえ、日頃、あのカピタン屋敷に誰がどう訪れるものか、訊ねてみたのだ」

先日のこともあり、玉菊は気持ちよく聞き込みに応じてくれたが、屋敷に立ち入る者たちについてさまざま詳しく教えてくれたそのなかに、なぜか「料理人の政七」の話は一言も出なかったのである。

「どういうことでございましょう？　まさか政七と『良い仲』で、庇《かぼ》うてでもいるのでございましょうか？」

そう言ってきた山倉に、「いや」と稲葉はめずらしく、瞬時に反論していた。

「したが、玉菊はカピタンの馴染みだぞ。それにもとより、三十七にもなる玉菊と、まだ二十二の政七では、年齢《とし》からしても見合うまい」

カピタンのために必死になっていた玉菊を思い出して、つい贔屓《ひいき》めいた意見を言ってしまった稲葉であったが、いずれにしても玉菊が、政七についてだけ故意に黙っていたのであろうことは明白なのである。

「政七と同様、玉菊についても、どういう生い立ちであるかを含め、詳しゅう調べねばならぬな」

独り言のように稲葉が言うと、斗三郎がまたも横から補佐をして、提案してきた。

「稲葉さまと私は、顔を知られておりますので、玉菊が調査《しらべ》についても、山倉と蒔田に任せたらいかがでございましょう」

「うむ。それがよかろうな」

「心得ましてござりまする」

稲葉の言葉にすぐに山倉と蒔田が呼応して、

「なれば、さっそく……」

と、報告に来ていた宿から出ていくのだった。

そうして数日後、山倉ら二人が長崎の町を奔走して調べてきた事実は、オランダ商館長のカステンスにとって、実に「青天《せいてん》の霹靂《へきれき》」と表現するにぴったりの、苦《にが》く厳しいものであった。

あの『サフラン』六袋を、綿密な計画のもと見事に盗んでいったのは、料理人の源三と政七、それに何より気に入りの遊女・玉菊の三人だったからである。

調査を始めた当初、山倉と蒔田が、まずは一番に疑って、朝から晩まで尾行してみたのは、料理人の政七であった。

政七は根っからの料理人という性質《たち》で、出島の料理部屋で働いていることを誇りにしている風があり、オランダの料理人が作る珍奇で美味《おい》しい料理を習ったり、新しい菓子を考案するのを愉しみにしているようだったが、いざ仕事を終えて、長崎の街なかに繰り出す時には、遊びのほうも存分に満喫したいらしかった。

気に入った飲み屋をまわって毎晩のように梯子《はしご》をし、丸山町の遊郭に寄っては馴染みの店で女郎を買い、果ては女に着物やら髪飾りやら貢《みつ》いでやってと、遊びには派手に金を使っていたのである。

その金の出所について、「あの『サフラン』を売り払ったに違いない」と目星をつけて、山倉と蒔田は政七を尾行《つ》けていたのだが、遊びの金があの『サフラン』でないことはすぐに判った。

政七はカピタンに特別に気に入られているためもあり、カピタン屋敷に呼ばれて菓子などを作った際に、その褒美としてギヤマンの器やら、異国の美しい布やら、サフランを含めた高価な薬の数々やらを、しょっちゅうもらっていたのである。

その事実に行き着いた時は、山倉も蒔田もがっかりして意気消沈したのだが、

「ちと、待て。そういえば、なぜ玉菊は政七のことを隠していたのだ？」

と、山倉が言い出して、再び気を取り直して政七の尾行を続けることになった。

すると、とうとうそんな二人の苦労が実を結んだのである。

ある晩、めずらしく師匠筋の源三とともに料理部屋から仕事を終えて出てきた政七は、そのまま二人で連れ立って、長崎の街を歩き始めた。

「たまには師匠と二人きり、どこぞで酒でも飲むのだろうか？」と尾行を続けていると、なぜか二人は長崎のにぎやかな街なかを通り抜けて、どんどん郊外へと向かっていく。

あたりはすっかり街から村の様相になり、百姓家ばかりがぽつりぽつりと見えてくるようになると、源三と政七は、そのなかの一軒に入っていった。

家は見るからに百姓家だが、わずかに周囲にある畑は荒れはてて、どうやら人は住んでいないようである。

政七と源三以外、人がいないのをいいことに、山倉と蒔田は大胆に百姓家のなかを

覗いた。

するとあ、とうとうそのなかに、くだんの『サフラン』があったのである。

源三は政七に提灯《ちょうちん》の蠟燭《ろうそく》をむき出しにして持たせて、袋のなかの『サフラン』の様子を確かめていた。袋は無事、六袋揃っているようであり、源三はていねいに、その一袋一袋を開けてみて、なかの様子を確かめているようだった。

目の前に証拠の『サフラン』があり、犯人である政七も源三も揃っているのだから、これを捕まえない訳はない。

町人相手ということもあり、山倉ら二人は危なげなく政七と源三を捕まえて、無事、『サフラン』も取り戻すことができたのである。

源三も政七も、江戸から来た『目付』怖さに、訊かれるままに何でも次々に喋ったという。

計画のすべては、源三が立てたようだった。

まず「決行の時」と決めてあるのは、夜分の暇つぶしに政七が呼ばれて、カピタン屋敷で菓子をこしらえる晩である。

政七と玉菊とで、菓子好きのカピタンを大いに愉しませ、菓子を肴《さかな》に舶来の珍酒を存分に飲ませて寝かせた後、料理部屋で待機している源三も呼んできて、誰もいないカピタン屋敷の一階の倉庫で、一度に一袋か二袋ずつ、袋の中身を枯れっ葉と交換して盗んでいたというのだ。

出島の出入り口には表門があり、そこには地役人の門番もいるから、普通であれば盗んだ『サフラン』など島から持ち出すことは不可能なのだが、幸いにして政七は、菓子作りでは有名になっている。

饅頭や干菓子をこしらえるための粉や砂糖や小豆などを、大きな麻袋に入れて出島のなかへ持ち込んだり、作った後の片付けに麻袋を出島から外に運び出したりと、大きな袋を大八車に乗せて出たり入ったりするのは門番も承知のことで、いちいち袋の中身を確かめることなどなかったのである。

そうして幾度かに分けて盗んだ『サフラン』は、くだんの百姓家に源三が隠して、管理していた。

『サフラン』のような誰もが欲しがる代物は、どこに持ち込んでもすぐに売れるが、その分すぐに噂が広まってしまう。

もうとっくに貿易品の売買の波が治まっている長崎の市中で、今頃、皆が欲しがる『サフラン』など売れば、「どこで買えた？　幾らで買えた？」と噂になって、出所がばれてしまうのだ。

カピタンが『サフラン』十袋をなかなか売らず、屋敷の荷置き場に残していたのもそのためで、どんどん値が釣り上がるのを待っていたのである。

それゆえ源三は、周辺のどこかの藩か、もしくは大坂あたりまで運んで、長崎の者たちにばれないように売り払おうと考えていたらしい。

だが今はカピタンのカステンスに気に入られて、料理人として雇われているから、自分も政七も長く休みを取ることなどできない。

あと数ヶ月、今のカピタンが商館長の役目を終えて本国へ帰るまで、長崎郊外の高台にある百姓家の実家に『サフラン』を隠し通すつもりでいたそうで、その『サフラン』が湿気や虫で傷んでいないか実家の納屋に確かめに来たところを、山倉と蒔田の二人に見られてしまったという訳だった。

源三と政七の供述から、もちろん玉菊も捕らえられた。

こうしてオランダ商館長『ヘルマン・クリスティアン・カステンス』四十二歳は、日本がいよいよ嫌いになるほどに、心に傷を受けることとなったのである。

その傷心のカステンスに、源三から取り上げた『サフラン』六袋を返却するため、稲葉が再び出島の門をくぐったのは、源三ら三名を捕まえた日の夕刻のことであった。

九

「稲葉どののご一同のおかげで、『サフラン』が、無事、減じることもなく戻ったのは、まことにもって有難く、幸いであったが、長崎を治める奉行としては、やはり真摯に詫びねばならぬ」

石谷備後守も、そう言って同道してきた。

事件《こと》の真相が判明して、盗っ人の三名が捕まった以上、一刻でも早く『サフラン』を返して、事情を説明し、正式に詫びねばならない。

その思いは備後守だけではなく稲葉にしても同様で、それゆえこうして今にも日が暮れそうな夕刻になって、カピタン屋敷を訪ねてきたのである。

ただし稲葉は、備後守に特別に願って、このカピタン訪問に玉菊を連れてきていた。

一つにはもちろん玉菊に、謝らせるためである。

だが稲葉にはもう一つ、どうしても知りたいことがあった。

カピタンを菓子で騙《だま》して泥酔させて、サフランを盗んだ『玉菊のあくどさ』と、目付の稲葉《じぶん》を前にして懸命にカピタンを庇っていた『玉菊の優しさ』とが、同じ女のなかに同居しているということが、稲葉にはどうしても納得できなかったのである。

「丸山町一丁目『亀屋』抱え、遊女『玉菊』、前へ出ませい」

供として一緒に来ていた斗三郎が声を上げると、それに合わせて山倉が玉菊の捕り縄の端を引き、カピタンの眼前に出た。

「…………」

とたんカピタンは顔を歪めて、女を見ないように目をそらす。

そのカピタンの様子を静かに眺めやってから、稲葉は一転、毅然とした表情を作って、玉菊に向き合った。

「そなた、ここなカステンスどのに、何ぞ申し開きがあるであろう？　構わぬ。申してみよ」

「…………」

だが玉菊はうつむいたまま、答えない。

稲葉の言葉を通訳するオランダ通詞の声だけが、すでに復旧の終わったカピタン屋敷の一階の荷置き場に、やけに響いていた。

「どうした？　玉菊。そなた、あの時あれほどにカステンスどのを庇って、『絵も額縁も取り上げずにいて欲しい』と、懇願しておったではないか。あの際のそなたは真っ直ぐに、カステンスどののご幸福を願っておったではないか。どうしたのだ、玉菊。そなた、何ゆえ、カステンスどのを裏切ったのだ？」

「…………！」

玉菊は、グッと唇を嚙んだ。

ギリギリと、まるで自分をいじめるかのように、玉菊は血がにじむのも構わずに、唇を嚙みしめている。

そのしばしの間に、どうやら通詞が長い稲葉の言葉を通訳し終えたらしく、内容がようやく判ったカピタンは、驚いた顔をして玉菊のほうに向き直っていた。

「キク！」

カピタンが最初に短く言ったのは、おそらく玉菊の呼び名であろう。

だがその後に、怒濤のように喋り繫げた言葉は、カピタンの自国の言葉で、またも通詞はそのあまりの速さに、すぐには通訳できかねて止まってしまっていた。

「キク！」

叫ぶように名を呼んで、またもカピタンが夢中になって喋り続ける。

すると一転、玉菊は、両目いっぱいに涙をため始め、縄付きの身体を床に投げ出すようにして、カピタンに土下座した。

「……カステンスさま。申し訳ございません……」

その意味が判ったのかもしれない。カピタンは、玉菊に駆け寄っていった。

カピタンがまた早口で何やら言って、縄付きの玉菊を無理やりのように抱き寄せる。

すると今度は玉菊が、カピタンの判る言葉で、泣きじゃくりながら話し始めた。

カピタンはそれを聞いてうなずいて、玉菊を抱きしめたまま、一緒に涙している。

その一連を、訳も判らないまま仕方なく黙って眺めていた石谷備後守が、とうとう我慢できなくなったのか、横にいる通詞に訊ねた。

「おい。あれは何と申しておるのだ？」

「はい……」

懸命に頭をまわしているのであろう。通詞はすぐには答えられずに黙っていたが、しばらくして、こう訳した。

「料理人の政七と申すのが、玉菊の息子だそうにござりまする」

「なにっ？」

小さくつぶやいて、目をまんまるに見開いたのは、稲葉徹太郎である。

玉菊が涙ながらにカピタンに詫びる言葉の通訳で、玉菊の真意は判った。

十二の歳で丸山の遊女屋『亀屋』に奉公に入った玉菊は、十四の時に客の子供を妊娠してしまい、十五で政七を産み落としていたのである。

だが何せ、まだ十五の女郎ゆえ、店としてはまだまだ稼いで欲しいから、生まれた子は邪魔である。

それゆえ、丸山町の地役人とも相談して、政七を菓子屋に里子に出し、そこで政七は里子というよりは奉公人として育ったという訳だった。

「物心がつくかつかぬかの二つ、三つの頃から、政七は奉公人の扱いを受けて、辛い思いをしてきたそうでございます」

通詞が訳して言うには、二十歳を過ぎ、菓子屋を辞めて出島の料理部屋で働くようになった息子に、玉菊は自分から名乗って出たそうだった。

自分はもちろん、好きで子供を手放した訳ではないが、遊女の子供として産んでしまったから、政七が苦労をしたのは事実である。

そんな引け目と自分の子可愛さが一緒になって、玉菊は、源三や政七から「盗みの仲間に入ってくれ」と頼まれた時も、断ることができなかったそうだった。

「さようであったか……」

思わず小さくそう言ってしまい、「目付としては、よろしくないぞ」と、自ら自分を戒めた稲葉であったが、ふと横を見れば、奉行の石谷備後守は、不幸な生い立ちの女郎に感じ入っているようである。

するとカピタンら二人の話を訳すため集中していたオランダ通詞が、慌てたように稲葉たちに向かい通訳してきた。

「『玉菊や息子はどうなるのだ？』と、訊いているようでございます」

「え？　カピタンどのが、か？」

稲葉の問いに、「はい」と通詞はうなずいた。

「『玉菊が、打ち首になるからお別れだと申しているが、本当に死罪になるのか？』と、そう訊いておりまする」

「うむ……。相判《あいわか》った」

困っている通詞にそう答えると、稲葉はすたすたと、カピタンら二人のところに近づいていった。

「カステンスどの」

「………？」

自分の名を呼ばれたカピタンは、こちらへ顔を上げてきた。

そのカピタンに、稲葉はきっぱりと言い放った。

「我が国では、十両以上の金品を盗みました者には、死罪を課すようにいたしております。玉菊らが盗んだ『サフラン』の代は、どれほど安く見積もりましても必ず十両は越えましょう。よって玉菊も政七も源三も、打ち首となりまする」

「…………？」

何を言っているのか教えてくれと、玉菊に頼んだのであろう。

玉菊はいつものように、通詞より数倍は早い調子で何やら異国の言葉を話していたが、するとその玉菊の通訳に、カピタンは衝撃を受けたようだった。

カピタンは稲葉に向かい、何やら必死になって訴えてくる。

稲葉が「訳してくれ」という目で玉菊を見つめると、だが玉菊は、何を思っているものか、小さく首を横に振った。

「『助命嘆願』を申し出ておりまする」

横手から言ってきたのは、オランダ通詞である。

稲葉がそちらに振り返ると、通詞はそれで気を良くしたものか、ていねいに通訳し直してきた。

「盗まれた私が許すというのだから、玉菊の命も、政七や源三の命も助けてやってくれ。そうしてくれなければ、私は江戸の上様に向けて、『私は何も盗まれてはいない』と文を書くつもりだ、と……」

「…………」

おもむろに、稲葉は備後守を振り返った。

「いかがでございましょう？　この『助命嘆願』、有難く受けさせていただく訳にはまいりませんでしょうか？」

「…………？」

だが備後守は、稲葉の真意が読めないらしい。

その備後守に、稲葉は大真面目な顔でこう言った。

「盗まれた『サフラン』六袋も、無事、カピタンどのがもとに返すことができましたし、江戸に文を書かれてしまうと、以後の交易のこともあり、さまざま面倒なことになりまする」

「うむ……」

と、備後守も、顔を寄せてうなずいてくる。

「なれば、ここはカピタンどのがご好意に甘え、盗みはなかったことにする代わり、くだんの額絵は国禁として取り上げずに、そのままにいたしましては……？」

「…………」

だが今度は、備後守は、煮え切らないらしく言ってきた。

「したが、稲葉どの、どうだ？　額絵《あれ》が基で、町人あたりにキリシタンが出るとなると、やはり難事《こと》だぞ」

「それなれば、よい手がございまする。どうか、お任せのほどを……」

深々と稲葉が頭を下げると、備後守は心を決めたようだった。

「うむ。なれば、頼む」

「はっ」

稲葉は再び頭を下げると、事の次第を案じてこちらを眺めていたカピタンに、言葉がなくても判るよう、にっこりと笑いかけた。

「通訳を頼むぞ」

「ははっ」

稲葉は通詞がきちんと通訳できるよう、ゆっくりと言い出した。

「なれば、その『助命嘆願』、有難く受けいたしまする。玉菊も政七も源三も、カピタンどのの寛大な御心に、一生涯、もう悪事などせぬことと存じまする。カピタンどのが貴国にお帰りになられるその日まで、いっさい報酬はいただかずに、心よりご奉仕いたすよう、屹度《きっと》、命じておきまする」

「…………！」

通詞の訳を聞き終えたのであろう、カピタンは何やら感嘆の声を上げて、再び玉菊を抱きしめている。

だが、その異国の商館長に、稲葉は改めて言っておかねばならないことがあった。

「我が国は、かねてよりご存じの通り、キリシタンの教えを厳しく禁じております。もし万が一にもその禁を破り、キリシタンとなる者が現れれば、それは必ず『磔《はりつけ》』にせねばなりませぬ。その事実を、どうかしっかりとお心に留められ、晴れてご帰国の日を迎えられるまでは、あの絵を他の誰にも見られぬよう、大切にお仕舞いくだされ」

この長い稲葉のカピタンへの嘆願に、「心得た」との答えが通詞を通して聞けたのは、ずいぶんと待たされた後のことである。

かくして出島におけるオランダ商館との難しい取り引きは、両国が双方ともに満足する形で、めでたく手打ちをすることができたのである。

だが実は一方、徒目付組頭である橘斗三郎は、一人、出島のオランダよりもはるかに難しい異国があることに気づき始めていたのだった。

第四話　唐船《からぶね》

一

徒目付組頭の橘斗三郎が、長崎の地役人《じやくにん》から「気になる話」を耳にしたのは、稲葉や斗三郎たちが長崎に着いて幾日も経たない頃のことであった。

出島のほうの案件にまだいっこう目処《めど》が立ってない時期のことでもあり、斗三郎は「それ」が気になりつつも出島の調《しら》べ査にかかりきりになっていたのだが、くだんの『サフラン』盗難にもあらかた先が見えてきて、山倉と蒔田の二人に一任できるようになったため、斗三郎は「気になる話」に着手し始めたという訳である。

話というのは、山林の伐採についてのことだった。

幕府の許可なく近づいてくる異国船を見張るため、海上に船を出して沿岸の監視をしていたその地役人が見たのは、『藍島《あいのしま》』と『玄界島《げんかいじま》』という二つの離島の山肌に、一部分だけ禿《は》げたようにぽっかりと、明らかに山林の伐採された跡が空《あ》いて見えたというものである。

藍島は豊前小倉藩・十五万石のご領内、玄界島は筑前福岡藩《ちくぜんふくおかはん》・四十七万三千石のご領内の離島である。

どちらも幕府の天領内の島ではないため、はっきりしたことは判らないが、これまで何十年間も一度とて伐採されたことのない山林が、あのように急に伐《き》られているというのが解《げ》せないと、藤惣太夫《ふじそうだゆう》と名乗る五十七歳の地役人が、江戸から来た目付方である斗三郎にしきりに訴えてきたものであった。

「藤惣太夫と申すその者は、長崎市中・桶屋町《おけやまち》の乙名を務めておりますのですが、先代の乙名であった父親の供をして、まだ十七、八の歳の頃から海上の見まわりに出ていたそうにございまして……」

稲葉に報告してそう言ったのは、橘斗三郎である。今、二人は出島の一件を済ませて、宿に戻ってきたところであった。

「なれば、もう四十年《しじゅうねん》近くも手付かずで、伐られたことのない山が、急にバッサリ伐られていたという訳か？」

身を乗り出してきた稲葉に、「はい」と、斗三郎はうなずいて見せた。

「おそらくは藩禁制《きんせい》の『御用山《ごようやま》』か、『留山《とめやま》』のごときものではございませんかと」

「さようさな……」

幕府の天領にはもちろんだが、諸藩の領内にも「藩直轄の山林」というのが多くあり、そうした山や林には何人《なんぴと》も藩の許可なく進入してはいけないことになっている。なかでも楠《くす》や杉、樫《かし》などといった良質な材木が採れる山林は、藩の抱えとなっている場合がほとんどで、そうしたものを「御用山」と呼んで、百姓や町人たちの山への立ち入りや利用を禁止しているのである。

一方、このあたりで「留山」といえば、休ませてある山林のことである。

以前さんざんに木材を伐り出したりと、山を利用し尽して、そのせいで生態系が変わって荒れ果ててしまった山を、何とか元に戻すべく、幾十年も人の立ち入りを禁じて休ませてあるのだ。

四十年もの昔から伐採が行われていなかった山林が、いきなり一部、伐採されただけというなら、「藩が御用山や留山に手をつけ始めた」と見ることもできる。

だがそれが福岡藩領の玄界島だけではなく、小倉藩領の藍島にも同様に、それも同時期に起こったというのが、日頃から海上の見張りをしていた藤惣太夫には、どうにも不審に見えたというのだ。

「惣太夫と申すその乙名が申しますには、おそらくは『唐船《からぶね》』のしわざではございませんかと」

「唐船？」

「はい。どうも、惣太夫ら異国船の見張りをしております地役人の間では、昔より、まことしやかに言い伝えられている『伐採の話』があるそうにございまして……」

大昔、まだ神君・家康公が幕府を開かれるよりはるかに前のことだというが、長崎や福岡、佐賀《さが》、小倉といったこのあたりの領海の島々で、「いつのまにやら山の木々がすべて伐られて禿山《はげやま》になる」という怪事件が次々に起こり、人々を震撼《しんかん》させたというのである。

「けだし、それでは『神罰が当たった』だの『狐狸妖怪《こりようかい》のしわざ』だのと、いかにも胡散臭《うさんくさ》い伝承で終わるところでございますのですが、これがまた惣太夫ら地役人の目には、違ったものに見えますようで……」

惣太夫が言うには、おそらく当時、唐船が何十艘もの大群で押し寄せて、そうした離島に無理やりに着岸し、勝手にどんどん木々を切り倒して運び去り、山をまるまる真っ裸にしていったのだろうということだった。

「したが橘、そうした孤島のそれぞれにも、先住の者はおるのであろう？　山が丸裸になるほどに派手に伐採などしておれば、島の者が気づかぬはずはあるまいて」

伝承などというものは、とかくこうしてまことしやかに語り継がれるものなのであろうが、いくら百年以上の昔とて「島の誰もが気づかぬうちに禿山になる」などということが、あろうはずはないのである。

だがそんな稲葉に、斗三郎は首を横に振って見せてきた。

「実は私もそう言って笑ったのでございますが、惣太夫が申しますには、『唐船を見たことがないから、そんなことを言えるのだ』と……」

「…………？」

意味が判らず黙って見つめてくる稲葉に、斗三郎は説明をし始めた。

そもそも『唐船』というのは、オランダ船以外のすべての異国の船のことで、清国《しんこく》だけではなくその周辺の異国からの船も、十把一絡《じっぱひとから》げにして「唐船」と呼ぶのである。

そうしたこともあって、一口に「唐船」といってもその規模はさまざまで、船員が五、六十人くらいの船もあれば、その倍の百人余りもが乗っているような、とてつもなく大きな船もある。

そうした巨大船に比べれば、和船などは木の葉のようなもので、一つドカンと大砲でも撃ちかけられた最後、簡単に沈んでしまう。おそらくそれが怖いから、島の山林を伐採されても黙って見ていたのだろうと、惣太夫はそう言ったそうである。

「大砲か……」

目を伏せて、稲葉は沈思し始めた。

もし惣太夫の言う通り、この近海に大砲を積んだ異国船が出没して、無理やり木々を伐採しているのだとしたら、それは幕府としても放ってはおけない大問題である。

今はまだ小倉藩や福岡藩の離島だけで済んではいるが、唐船の襲来が激しくなれば、天領の長崎とて荒らされかねないのだ。

「……どうだ、橘。やはり江戸に報せるか？」

「はい。私もそのほうがよろしいかと」

「うむ。なれば、さっそく奉行所に出向いて、備後守さまにもご報告をせねばならぬな」

「はい」

こうして長崎奉行の石谷備後守とも相談の上、稲葉は「ご筆頭」の十左衛門のもとへ、備後守は直属の上司である老中方のもとへと、報告の文を出したのであった。

二

長崎よりの文が届いた翌日の江戸城内、本丸御殿でのことである。

十左衛門は老中方の首座である松平右近将監武元《まつだいらうこんのじょうたけちか》に呼ばれて、老中や若年寄方の執務室である『御用部屋《ごようべや》』を訪れていた。

話はむろん長崎の「伐採」や「唐船」についてである。

以前より歴代の長崎奉行たちから、幕府は報告を受けていて、

「オランダ船とは違い、『唐船』と呼ばれる異国船は、どれがどの国の船なのか、江戸の者には判別がつかない上、なかには海賊じみた荒っぽい様子を見せる船もあって、恐ろしいらしい」

と、異国船のことについては、それなりの危機感は有していたのである。

だが今回の「藍島や玄界島に不審な伐採跡がある」という報告は、御用部屋の面々を正直、震え上がらせた。長年ずっと心の奥底にありながら、見て見ぬふりで、何ら特別な対処をしてこなかった異国との問題に、改めて向き合わざるを得なくなったのである。

「いやしかし、まことそうして『伐採に押し入ってくる』などということがあるのであろうか……」

そう言った首座の右近将監の言葉の奥には、「何かの間違いであって欲しい。悪い夢であって欲しい」という、現実逃避の弱気の虫が見え隠れしている。

すると、そんな右近将監に並んで座していた次席老中・松平右京大夫輝高《うきようだいぶてるたか》が、横手から発言してきた。

「四十年あまりも見張りを続けてきた地の者が申すのですから、やはり相応、確証があるのでございましょう。早急に、何ぞか手を打たねばなりますまい」

「うむ……」

右近将監はうなずいて、つと遠い、十左衛門のほうに目をやった。

御用部屋に呼ばれている十左衛門は、上《うえ》つ方《かた》のお歴々を前にして、下座中の下座に控えているため、一番の上座にいる右近将監とはいささか離れているのである。

「十左衛門。そなた、行けるか？」

「はっ」

十左衛門は顔を上げた。

「僭越《せんえつ》ではございますが、我が目付方におきましても、不肖、筆頭の拙者が長崎に出向きまして、すでに彼《か》の地にいる稲葉とともに状況の判断をいたすべきであろうと、合議にて総意いたしました。お許しをいただけますならば、明日にでもさっそく江戸を発ちまして、彼の地に参り、稲葉とともに調べを進めたく存じまする」

「うむ。なれば、頼んだぞ」

「ははっ」

右近将監の命《めい》に、十左衛門は改めて平伏した。

今、十左衛門の前に居並んでいるのは、老中首座の右近将監以下、四名の老中全員と三名の若年寄の、合計七名である。

いつもなら小出信濃守を首座として若年寄は四名いるのだが、その信濃守は、ここ二月《ふたつき》くらい前からたびたび体調を崩して登城できない日を重ねていて、今日もこの場を欠席しているのだ。

ちと長く江戸を離れることになるから、直《じか》に会って挨拶をしたいところだが、具合が悪くて床についているのであろう信濃守のもとに、無理くり押しかけていくというのも気が引ける。

結句、信濃守とは顔合わせもできぬまま、十左衛門はわずかに一人、徒目付の本間柊次郎だけを供に連れ、急ぎ長崎へと向かうこととなったのである。

江戸市中から長崎までは、普通なら一月《ひとつき》かかるゆえ、「彼の地の危急に駆けつける」とはいっても、向こうの状況が変わりかねないほど到着は後になる。

それにまず今回の場合は、長崎から江戸《こちら》へと文が届くまでの日数がすでに経過している訳で、こちらのほうも飛脚を頼んで通常であれば二十五日ほど、つまりは長崎と江戸との往復で、二月《ふたつき》近くかかると見るのが普通であった。

だが長崎奉行には、江戸への危急の連絡に備え、俗に「長崎飛脚」と呼ばれる特別な早便の使用が許されている。

今回、石谷備後守もその長崎飛脚を使い、普通なら二十五日ほどかかるところを、途中、小倉から大坂までは早船を仕立ててもらい、都合、江戸までなんと十日で文を届けてきたのである。

そしてまた、江戸を出て長崎へと向かう十左衛門と本間が早かった。

十左衛門は本間と二人きりという身軽さを存分に駆使して、江戸から大坂まで普通なら十四、五日はかかるところを、十日ほどで駆け抜けた。

徒歩ではなく、馬を使ったのである。

東海道筋の宿場には、旅人用に常に馬の用意がされている。十左衛門は自分同様に馬の扱いに長《た》けた本間柊次郎を供に選び、宿場ごとに次々馬を乗り継いで、旅程の日数を短縮したのだ。

そうした努力の甲斐あって、十左衛門ら二人が長崎に到着したのは、実に通常の日数からいえば半分ほど、稲葉たちが文を送ってからまだ一月と数日しか経たないうちのことだったのである。

三

本間と二人、ようやく長崎に着いた十左衛門を待っていたのは、稲葉や斗三郎ら目付方ばかりではなかった。

石谷備後守については、稲葉と同様、十左衛門もかねてより顔見知りであるから、別に何ということもない。

だが今回、「江戸から目付筆頭が出張ってくるらしい」と判ってか、『長崎代官』を務める高木作右衛門忠貞《たかぎさくえもんただささだ》をはじめとした長崎の地役人の高官たちが、「勢揃い」といえば聞こえはいいが、「江戸の役人になど負けるものではない」とばかりに待ち構えていたのである。

「なにせ寄る年波で身体を壊しておりましたもので、ご無礼とは存じながらも、これまでなかなか稲葉さまにもご挨拶ができずにおりました」

長崎代官である高木作右衛門は挨拶がてらにそう言って、「目付筆頭ならともかく、稲葉のような平の目付など視界にすら入らなかった」とでも言いたげな、なかなかの物言いである。身分こそ町人ではあるものの、古くより名字帯刀を許されて、先祖代々、長崎を治めてきた地役人の意地や気概を感じるに十分すぎるものだった。

この高木作右衛門も百年前の出島建設に私財を出した有力町人の末裔で、なかでも一番に権勢のある家の現当主である。見たところ七十にも近いかという風ではあったが、「寄る年波で身体を壊しておりまして」というほどには、顔つきも身体つきも弱々しくは見えなかった。

「妹尾十左衛門久継でござる。こたびが山林の伐採については、是非にも真実《まこと》のところを突き止めて、今後の仕儀についても、貴殿らを含めた上で重々協議いたさねばならぬゆえ、さまざま手数をかけることになろうが、よろしゅう頼む」

「…………」

高木作右衛門は、わずかに目を見開いたようである。江戸から来た目付の筆頭が、自分たち町人を「貴殿ら」と呼んできたのに、正直、驚いたらしい。

だがやはり長崎のすべての地役人の上に立つ「長《ちょう》」だけあって、作右衛門は、出島乙名の今村とは異なり、そう簡単にこちらに気を許してはこないようであった。

「承知をいたしました。万事、何でもお申し付けをいただきましたら、私のほうから命じて、その筋に詳しい地《じ》の者をすぐに参らせるようにいたします」

「そうしてくれるか。なれば心強い。まことにもって、よろしゅう頼む」

「はい」

と、代官の作右衛門については、とりあえずは可もなく不可もなくといった調子で、立山奉行所での初顔合わせを終えたのであったが、その後に、くだんの藤惣太夫が挨拶に来る際に連れてきた『唐通事《とうつうじ》』と呼ばれる通訳が、「難敵」と呼ぶにふさわしいほどの難しい人物であった。

通事とはいっても、こちらは出島のオランダ通詞とは違い、単純に言葉の通訳をするだけにはとどまらず、唐人貿易全体を取り仕切る役目を担っている。

長崎の沿岸にオランダ船以外の船が近寄ってくると、唐通事たちは湊《みなと》から船を出してその唐船に近づいていき、どこの国から来た船なのか、どんな目的でやってきたのか、貿易に来た船ならば、どんな積荷を積んでいて日本の何と交換したいと思っているのかなど、相手方と話して交渉し、その船を正式な通商の相手とするか否かを即座に判断しなければならないのである。

その上で「この船の者たちは海賊のような荒っぽい輩《やから》ではなく、通常の商人たちであり、積んでいる荷に関しても、こちらが欲しい品物がなかなかに揃っているようだ」と見て取れば、『信牌《しんぱい》』と呼ばれる通商手形のようなものをその船に手渡して、正式な貿易相手として湾内に入港するのを認めるという、唐貿易における肝心要《かんじんかなめ》の部分を唐通事たちが担っているのだ。

「唐通事」と「オランダ通詞」で、当てられる漢字が違うことでも判るように、「唐通事」は詞《ことば》だけではなく、唐人貿易全体に通じていなければならず、その分、自尊心の高い者が多かった。

藤惣太夫に連れて来られて、今、奉行所を訪ねて十左衛門らに挨拶に来た唐通事は、名を「林甚竹《りんじんちく》」といい、今年で四十三歳だそうである。

唐通事をしている者たちは、大昔、先祖が長崎にやってきて住みついた唐人たちで、『大通事《だいつうじ》』、『小通事《こつうじ》』、『稽古通事《けいこつうじ》』などと、家柄や本人の才覚によって、職の格が分かれていた。

林甚竹は、今、四人いる大通事のなかでも「一番の切れ者」と評判で、他の通事たちのほとんどが長崎弁と唐語の入り混じる珍妙な日本語しか話せないのに対し、林だけは、江戸の人間でも難なく話ができるような長崎弁の混じりがない日本語を話せるそうだった。

そう言って、林甚竹を半ば誇らしげに紹介してきたのは、乙名の藤惣太夫である。

「この『甚さん』でございましたら、まずは通事で一番でございますから、何だってお訊ねになられましたらいかがかと存じまして……」

自信満々、惣太夫は林甚竹を自分の前に押し出してきたが、当の甚竹は見るからに仏頂面《ぶっちょうづら》で、感じが悪いこと、この上もない。そうして惣太夫が喋り終えると、険しい表情を崩さぬままで、こう言ってきた。

「惣太夫さんからお話はうかがいましたが、私は、『唐船が何艘もで材木を運んでいるのを見た』などという話は、眉唾《まゆつば》だと思っております」

「だけど甚さん、『唐船』って言ったって、甚さんのお故国《くに》の船とは限らないし、そんなにムキにならなくても……」

十左衛門らが見ているのを気にして、惣太夫は困っておろおろとし出したが、甚竹は構わず強気で「ムキになどなってはいない！」と、惣太夫に向かって反論した。

「だいたい『どこの船か判らない』というのなら、どこからか日本の賊がやってきて、盗んでいったのかもしれないじゃないか。日本船やオランダ船は疑わずに、賊の船を『唐船』と決めつけるのはおかしい」

そう言った甚竹の目は、惣太夫ばかりではなく、備後守や十左衛門たちにも向いている。興奮しているものだから、つい敬語が出なくなっているのかもしれないが、その尊大な口の利き方に、備後守はカッとしたようだった。

「林甚竹！　そなた、奉行所であるこの場を、一体、何と心得ておるのだ？」

「……申し訳ございません」

備後守の一喝《いっかつ》で、さすがに甚竹もそれきり黙り込んだが、さりとて反省している訳でも恐縮している訳でもないらしく、いまだはっきり怒りを含んだ目のままで、悔しげにそっぽを向いている。

その甚竹という大通事に向かい、横手から十左衛門は声をかけた。

「貴殿のおっしゃる通りでござる。くだんの離島の伐採が本当に賊《ぞく》によるものかを含めて、今はまだ、万事、何の証《あかし》もないままの当て推量《ずいりよう》に過ぎぬゆえな。決め込みで物を言い、まことにもって申し訳ないかぎりでござる」

「…………」

思わぬところで、江戸の役人にやけに素直に謝られてしまい、甚竹は腹の収めどころを失っているらしい。

「おい甚竹、不遜であるぞ！　何ぞ、お答えをせぬか！」

備後守が叱ってくれたが、甚竹は無言で頭を下げてくるばかりで、謝りもしなければ、答えもしない。

その様子に堪忍袋《かんにんぶくろ》の緒が切れかけたか、備後守が甚竹に詰め寄ろうとしたのを見て取って、十左衛門は「備後守さま」と声をかけた。

「まずは福岡・小倉の両藩に出向きまして、島の木の伐採について、何ぞのお心覚えがあられるか否か、おうかがいをいたさねばなりますまい」

「うむ」

と、備後守も、すぐにこちらに気を向けてうなずいてくる。

「したが、妹尾どの。我ら幕府に対し、他藩が安易に盗難に遭った事実を認める訳はなかろう。ことに黒田《くろだ》さまがところは、万事に気難しゅうて、実際、難事《こと》だぞ」

石谷備後守は、こうして長崎に在勤するのは三度目のことだから、必然、福岡藩や小倉藩とも幾度か交流があり、両藩の藩風についても、あらかたのところは承知しているという。

今「黒田さま」と言ったのは福岡藩の黒田家のことで、四十七万三千石もの大藩ゆえか、黒田家は現藩主・黒田左近衛権少将《さこんえごんしょうしょう》継高《つぐたか》をはじめとして、家老だの用人だのといった藩の中枢にいる者たちも、皆揃って気位が高く、なかなかに気難しいそうである。

「ご藩主の左近衛権少将さまはご高齢ゆえ、今は諸事《しょじ》、家老の吉田保年《よしだやすとし》どのがお裁きでござってな。おまけにたしか、ついこの春であったか、ご領内のどちらかで大水が出たとかで、だいぶ田畑が流されて、大変な騒ぎであったらしい」

「さようでございましたか……」

十左衛門は目を伏せた。

「なれば、まだ復旧の最中《さなか》というあたりでございましょうな」

「うむ。かような時期に、『ご領内の離れ小島の山林に、禿げ穴ができておりますな』などと、言い立てにまいるのだから、嫌われるのは必定《ひつじょう》というところであろうよ」

備後守は、わざと明るく軽口を叩くようにそう言ってきたが、言い終えて深いため息をついたところを見ると、やはり気が重いようである。

とはいえ、やはり島の持ち主である両藩に、幕府の正規の使いとして事情を訊きに行かねばならない。

「備後守さまのご都合がよろしければ、明日にも両藩どちらかをお訪ねしたく存じますのですが……」

江戸のほうも長く不在にする訳にはいかないから、できるだけ調査《しらべ》は早く進めたい。

十左衛門が隠さずそれを口にすると、以前、自分も目付をしていた備後守は、「さようであろう」と、快くうなずいてくれた。

「なれば、まず黒田さまがほうからお訪ねをいたそう。小倉のほうを先にして、万が一にもそのことが黒田さまのお耳に入れば、臍《へそ》を曲げられてしまうやもしれぬでな」

そうして翌朝、備後守の配下や家臣ら一行とともに、十左衛門と稲葉、斗三郎の三人は、長崎の湊から出航し、福岡に向けて上っていったのである。

今の時分は潮の具合の悪い日が少ないから、船を出すにはちょうどよい頃合いなのだそうである。

長崎から、平戸《ひらど》、唐津《からつ》と北上して、その先の福岡の湊まで、どんなに急いでも数日はかかる海路だそうで、長崎奉行所が所有のその船には、案内人として藤惣太夫と、唐船の事情通として唐通事の林甚竹の二人がともに乗ったのであった。

筑前福岡藩・四十七万三千石の居城、福岡城は、初代藩主である黒田長政《ながまさ》公が、江戸幕府が開府されて間もなくの頃に築城された城である。

現藩主である六代目の黒田左近衛権少将継高は、十七歳で家督を継いでから今日まで、実に四十八年もの間、藩主であり続けている。家老をはじめとした福岡藩の重鎮たちも、藩主・継高を長く支えてともに高齢を迎えている者が多く、長崎奉行や幕府の目付筆頭など「物ともしない」という風であった。

継高は今年で六十五歳であり、嘘か真実《まこと》か「身体の具合が優れぬゆえ」との断りで会うことはできず、備後守や十左衛門たちに応対したのは、くだんの家老・吉田保年であった。

この吉田も見たところ、六十に近いのではないかと見える歳まわりである。

藩政を改革して、一時ひどく逼迫《ひっぱく》していた藩の財政を持ち直したという切れ者で、「ご領内の玄界島に、面妖な伐採の跡が……」と、まずは備後守が切り出しても、顔色一つ変えなかった。

「しかしながら玄界島の番所からも、さような報告《しらせ》は上がってはおりませぬ」

吉田家老はそう言って、おそらくは知らぬ存ぜぬを押し通すつもりのようである。

「ではござろうが、現に先ほど玄界島の沖合を航行いたし、山の北西方向に明らかな伐採の跡をば拝見をいたしましたが……」

備後守が喰い下がると、一転、吉田家老は飄々《ひょうひょう》としてこう言った。

「なれば、かの島を支配いたしております奉行のほうに、伐採の届《とどけ》が出ておるのやもしれませぬ。実はこの春、領内に大水が出ましたもので、ついそちらにかかりきりになりまして」

「さようでござるか……」

藩内の都合で伐採したのかもしれないと言われては、これ以上、突っ込みようがない。長崎から幾日もかけて航行してきたというのに、案の定、何の手応えもない回答をもらっただけだった。

言い出しっぺの藤惣太夫などは、この案件のためにわざわざ江戸から来た十左衛門の手前もあり、意気消沈してしまっている。

だが更に航海して辿り着いた小倉では、惣太夫が小躍りして喜ぶような回答が待っていた。

豊前小倉藩・十五万石の居城である小倉城に、正式な幕府の使者として十左衛門と備後守が訪《おとな》いを入れると、藩主・小笠原伊予守《おがさわらいよのかみ》忠総《ただふさ》は、家老とともに自ら会見の場に顔を出してきた。

伐採跡を発見したのは長崎の地役人であるから、まずは長崎奉行である備後守が事の起こりを説明する。

すると、それまではずっと家老を代行にして喋らせるばかりで、自分は上段の間で黙って聞いていた藩主の伊予守が、やおらこちらに目を合わせて言い出した。

「妹尾どの、よろしいか？」

「ははっ」

それに合わせて備後守が一膝、後ろに退いて、十左衛門が前に出る。

その十左衛門に向かって、小笠原伊予守ははっきりと言ってきた。

「忌憚《きたん》なきところを申させていただこう。そもご公儀におかれましては、何ゆえに我が領内の仕儀についてお訊ねか？」

小笠原家・第四代藩主である伊予守は、あらかじめの調べによれば今年で四十一歳だそうで、二十六で藩主となられて十五年、異国とも接点を持たねばならない難しい藩領を治め続けているのである。

天領ではない自藩の離島がどうであろうと、幕府に四の五の口出しされるいわれはない、という伊予守の主張は当然で、そこをどうにか怒らせないよう気をつけながら、実際のところを訊き出さねばならないのだ。

いよいよの出番に、十左衛門は腹を据えて話し始めた。

「こうして江戸から目付なんぞがしゃしゃり出てまいりましたこと、まことにもってご無礼とは重々承知でござりまする」

改めて畳に額をつけて頭を下げると、だが十左衛門は、すぐに顔を上げてこう言った。

「しかして伊予守さま、海に敷居はございませぬ。これが真実、賊の仕業《しわざ》でありますならば、こちらに出ればいつか必ず天領にも参りましょう。もとより江戸のご老中方も、諸藩の皆々さま方と手を携えての『盗賊船の打ち払い』をお考えにございまする」

「…………」

先ほどとは一転、迷う表情を見せてきた小笠原伊予守に、十左衛門はもう一押し、こちらの本音を口に出した。

「『海の離島の山肌に、珍妙な伐採跡が現れた』などという話は、江戸にとってはそれはもう恐ろしいばかりで、『もしやこのまま異国が攻め立ててくるのではないか』と、とてものこと平静でいられるものではございませぬ。こたびはまこと、それを案ずる一心で、江戸より馳せ参じてまいりました。他に私心はございませぬ。どうかお力のほど、お貸しくださりませ」

言い終えて再び平伏した十左衛門に従って、稲葉はもちろん長崎奉行の石谷備後守も幕府の者として、小倉藩主・小笠原伊予守の前に平伏している。

その一同を見下ろして、しばし黙していた伊予守であったが、一つ大きく息を吐くと、心を決めたか、言ってきた。

「相判った」

「……伊予守さま」

思わず顔を上げた十左衛門に、伊予守はうなずいて見せてくれた。

「さような仕儀とあらば、こたびが一件、逐一お話しいたしたく存ずる。……犬甘《いぬかい》」

「はっ」

伊予守に「犬甘」と呼ばれたのは、小倉藩の家老の一人、犬甘知寛《ともひろ》である。

「これよりは、万事この犬甘に案内《あない》などさせるゆえ、よろしゅうお頼みいたす」

「ははっ」

十左衛門ら一同は、改めて平伏するのだった。

四

小倉の湊からもさほど遠くない沖合いにある藍島は、北西から南東に伸ばされたような細長い形をした小さな島である。

今回、山林が伐採されていたのは、北西に一番尖った場所にあたり、つまりは異国により近い沖合い側であった。

だが島には『遠見《とおみ》番所』と呼ばれる、四方を見渡せる高台の見張り小屋がある。半年ほど前のその日も、藍島の遠見番所に詰めていた藩の下役の者たちは、遠くからこちらに押し寄せてくる五隻ほどの『唐船』の船団を発見していた。

五隻のうちの一隻は、たぶん百人は乗れるであろうほどの巨大な船で、その上さらに恐ろしいことには、甲板の舳先《へさき》のあたりに大砲らしきものまで見える。

一方、こちら藍島にある船は、十人乗るのがせいぜいの巡視船で、あとは島民が魚を捕りに出る際に使う小舟の類《たぐ》いばかりであった。

唐船に近寄って、こちらに来ぬよう警告したいのはやまやまだが、こちらのちっぽけな巡視船は大砲の一つも当てられたら、木《こ》っ端微塵《ぱみじん》になってしまう。

藩に救いを求めることもできぬなか、番所の下役たちは必死になって考えて、せめて島の百姓や漁民たちが乱暴されたり殺されたりすることがないよう、島から逃がすことにした。

幸いにして、島の村や波止場は小倉に近い南東の側にあり、そっと逃がせば唐船に気づかれずに済むかもしれない。

番所の役人たちは急ぎ村の家々を訪ねて、金目の物だけ持って逃げるよう、説いてまわったというのである。

今、十左衛門と稲葉は、石谷備後守とともに小倉藩の船に乗せてもらい、犬甘家老の説明を受けながら、船上から藍島を視察していた。

「では、あちらに見える集落が、その村で？」

稲葉が遠く、島の波止場近くの集落を指差すと、家老のなかでは若手らしい三十半ばと見える犬甘家老はうなずいた。

「さようにござりまする」

そう言って犬甘は、自分も藍島を指差した。

「ご覧になれましょうか？『あれ』なるが、遠見番所にございまして……」

犬甘が指しているのは、おそらく島の高台にぽつりと見えている『あれ』であろう。江戸市中に散在する辻番所や自身番などともいっこう変わらぬ、粗末な造りの小屋である。

するとその遠見番所をはるかに見やって、犬甘がその先を話し始めた。

「その時に番に立っておりましたのは、『浦《うら》奉行』配下の家中が一人と、番太の中間《ちゅうげん》が一人の、ただ二人でございました。島の者らを逃がそうと、波止場にある船という船は残らず使ってしまいましたそうで、番の二人は番所から、とにかくすべてを見定めておかねばと、かようなものを描き記してございました」

「ほう……」

横手から声を上げたのは備後守であったが、犬甘が広げて見せてきた絵を覗き込んで、しごく驚いたのは、おそらくは十左衛門と稲葉のほうであった。

絵は、二尺（約六十センチ）四方ほどの紙に描かれた『唐船』の全体図で、それは見事な仕上がりのものだったのである。

いささかの誇張はあろうが、五隻のうちの一隻はとてつもなく大きくて、甲板を覆う塀のごとき部分には、弓や鉄砲で敵を狙うための狭間《さま》のような穴も多数あり、舳先に近いあたりには大砲らしきものも描き込まれている。

「こちらのほうの小さき唐船《もの》も、四、五十人は乗れようかという立派な船でございましたそうで、よしんばその船団に、番の二人がこちらの船でかかっていきましたところで、犬死でございましょう。主君・伊予守は、『村の民を無事に皆、逃がした上に、敵方の船の様子をつぶさに描きとめたは、天晴《あっぱ》れ』として、伐採については責めず、番の二人にかえって褒美《ほうび》を取らせた次第でございます」

「さようにございましたか……」

答えて、十左衛門は沈思した。

小笠原伊予守の番方の者たちへの対応は、この近海の天領や諸藩が、日頃どれほど異国船に恐怖や懸念を抱いているかを、しごくよく表している。

江戸にいる自分ら幕臣なら、目の前で敵に伐採を許した番方の者に「咎《とが》め無し」の沙汰が下りる訳がなく、なのに小倉藩《ここ》では「咎め立てしない」というのは、日常、目にする異国船がそれほどに脅威ということなのだ。

今ここで犬甘家老を前にして口に出す訳にはいかないが、このことは後で是非にも稲葉や斗三郎、備後守とも話をして、今後の長崎や諸藩の防衛《まもり》について考えねばならない。

すると、そんな十左衛門の心中《しんちゅう》が見えていたかのように、犬甘家老が言い出した。

「三月《みつき》ほど前でございましたか、隣藩・黒田さまのご領内に、この絵のごとき唐船の小隊が向かいおりましたのを、我が藩内の漁民《りょうみん》がたしかに見たそうにござりまする」

「して、それは、どちらの島に？」

もしやして玄界島を襲ったものかと、備後守が喰いつくようにして訊ねたが、犬甘家老の答えは満足のいくものではなかった。

「藍島の北西に『男島《おとこじま》』と申す、少しく大きな島がございますのですが、船団はそちらの前を横切り、福岡のほうに向かって消えたそうにござりまする」

「さようでござるか……」

備後守は正直に、がっかりした顔を出している。

だがそんな過去のことなど気にする余裕がなくなるまでに、実際、幾らも日数はかからなかった。

藍島の番方が描いた唐船に、ほぼそっくりな船団が小倉の北の海上に出没し始めたと、小倉藩より長崎の奉行所にあてて、文が届いたのである。

だが不気味なことに、船団はくだんの男島の近辺にうろうろとするだけで、小倉藩の領海までは入ってこないという。

この報せは、すぐに長崎奉行所から十左衛門のもとへも伝えられた。

十左衛門ら目付方一同は、今は八人すべてが集まって、長崎奉行所からもほど近い桶屋町という町のなかの旅籠に連泊しているのである。

桶屋町の乙名はくだんの藤惣太夫で、その惣太夫の世話焼きもあって、十左衛門たちは宿を目付部屋のようにして、そこを拠点に自由に動くことができている。

まずはこの窮状に当たり、皆でどう手分けをするべきか、その算段の会議であった。

今いる目付方の八人は、筆頭の十左衛門を頭《かしら》に、目付の稲葉、徒目付組頭の斗三郎、徒目付の本間、梶山、山倉に、小人目付の平脇と蒔田である。

するとさっそくいつものように、稲葉が鋭い着眼をして、言ってきた。

「まずは小倉へと出向きまして現状の視察をせねばなりませんが、藍島を襲った賊がまたも近づいているというのであれば、『島に乗り込んでの伐採が容易だ』ということで、玄界島も再び狙われるやもしれませぬ。福岡藩には、急ぎ報せねばなりますまい」

「うむ」

十左衛門もうなずいて、考える顔になった。

「したが、あの難しい黒田さまに、どのようにお報せするか……」

ただ単に、唐船の到来を報せるだけでは駄目なのである。

まだ小倉の海上にどのような形で唐船が来訪しているものかは判らないが、万が一にも向こうが陸に迫ってきた時には、幕府と小倉藩との連合の水軍で、唐船を撃退しなければならない。

だが正直、長崎奉行所が持つ船はその数が知れていて、小倉藩と連合したところで、たいした軍備にはならないであろう。やはり大身、四十七万三千石の福岡藩・黒田家を、是非にも連合の味方に引き入れたいところであった。

「本来なれば、幕府よりの使者として拙者か稲葉どのが福岡に報告に上がればよいのであろうが、まずは小倉に急行し、現状の如何《いかん》によっては、さまざま対処をせねばならぬ。やはり稲葉どのには、拙者とともに小倉藩に出向いてもらったほうがよろしかろう」

「なれば、私が参りまする」

横手から申し出てきたのは、徒目付組頭の橘斗三郎である。

「幾人か手をいただけるようでございましたら、皆で手分けをいたしまして、まずは福岡藩を探ってまいりましょう。さすれば、使者として黒田さまにご報告に上がる際、話の向きをどのようにいたせばよいものか、判るやもしれませぬ」

斗三郎ら目付方配下の者たちは、こうした隠密の調査の際に、他藩の領内にも簡単に入ることができるよう、「江戸の商人」を装う通行手形を正式に発行されている。正直に「幕府の目付方だ」と名乗ったら最後、警戒されて何も調べられなくなるのは必定で、それゆえ天領にも他藩にも自由に入れるよう、商人の通行手形を持たされているのだ。

「うむ」

と、十左衛門は、斗三郎と目を合わせてうなずいた。

「なれば儂《わし》や本間より、一足先に長崎に入った者らのほうが動けよう。梶山、山倉、平脇と蒔田の四人は、斗三郎の指示のもと、調べにまわってくれ」

「ははっ」

配下四人が、打ち揃って頭を下げてくる。

その皆に「頼むぞ」とうなずいて見せてから、十左衛門は斗三郎に向き直った。

「黒田さまには文を書こう」

「はい。なれば多少なりとも藩内の様子が判りましたら、正式に『ご筆頭よりの使者』として御城に伺い、唐船の到来のお報せと、駆逐の合力《ごうりき》のお願いに……」

「うむ。黒田さまは難しかろうが、よろしゅう頼む」

「心得ましてござりまする」

文には以前、藍島で唐船による木材の盗難があったこと、その際に来た船とそっくりの船団が、今再び福岡藩と小倉藩の領海に姿を現しており、それが不審な動きをしていることを報告してしたためた。そうして万が一、その唐船の船団がどこかの島や海岸を襲ってきた際には、幕府側と小倉藩側の船団に加えて、福岡藩の船団もともに盗賊船の打ち払いに力を貸してくれるよう、改めて頼んだのである。

十左衛門からの文を懐にして、斗三郎ら五人は、急ぎ福岡藩へと出立していった。

「ご筆頭。なれば、我らも奉行所のほうへ……」

「うむ」

まずは石谷備後守の待つ立山奉行所を訪ねて、すぐにも備後守とともに、小倉藩の様子を確かめに行かねばならない。

十左衛門は稲葉や本間とともに、急ぎ奉行所へと向かうのだった。

五

十左衛門ら目付方三人が、奉行の石谷備後守とともに小倉藩を訪れたのは、小笠原家より奉行所に文が届いて六日目のことだった。

小倉へと出向くにあたり、長崎街道を抜けて陸路を行くか、それとも船を出して海路を取るか、一行はさんざんに話し合いを重ねたのである。

十左衛門や稲葉が推したのは、海路であった。潮の具合があるから日程は読めないが、海路で行けば長崎から小倉へ向かう途中で、福岡藩をはじめとした諸藩の領海の様子も見ることができると考えたからである。

だがそれに真っ向から反対してきたのは、桶屋町の乙名である藤惣太夫と、唐通事・林甚竹の二人であった。

今回、二人は特別に奉行である備後守から命《めい》を受け、備後守や十左衛門ら目付たちとともに小倉まで来たのだが、「得体の知れない異国船が集まってきているというのに、小倉まで海路を取るなど、あまりにも危険すぎる」と二人して猛反対し、結局は陸路を選ぶこととなったのである。

文が届いた翌日には長崎を出立し、峠越えが幾つも続く長崎街道を小倉へと上ること丸五日、一行はようやく小倉の城下に到着していた。

ところが、この六日間で、不穏な唐船はどんどん数を増していったそうである。

くだんの大砲を積んだ巨大船などは、まるで仲間の大集結を待っているかのように、藍島のはるか北西沖に碇《いかり》を下ろして、ひたすらじっと停泊し続けている。

そしてその「待っている」と見えたのは、見当違いではないようだった。

十左衛門らが到着した翌日、その翌日と、とにかく向こうは船団をふくらませるつもりらしく、水平線の彼方から一隻また一隻と次々に船が現れる。

百人越えの巨大船こそ最初からの一隻だけであったが、少し小振りの五、六十人も乗れそうな船などは、おそらくはもう十隻近くもあるだろうというほどである。

そうした船から偵察挺のように下ろした小舟が十隻近く、てんでんにあちらへこちらへと自由に海上を走りまわって、明らかに何かを探っている。

小倉に着いて三日目の今日、十左衛門は犬甘家老の案内で、藍島の遠見番所小屋に来ていた。

今はちょうど潮のよい時期に入ったそうで、こうして不穏な唐船も来る代わりに、オランダ船や、普通の商売船の唐船も次々にやってくる。

長崎奉行である備後守は、この通商ごとを管理監督しなければならないため、すでに長崎の奉行所に戻っていた。

今この遠見番所のなかは、十左衛門と犬甘家老、家老に供する数人の藩士のほかは、乙名の藤惣太夫と、唐通事である林甚竹だけである。

二人は長崎の地役人だから、本来ならば小倉藩のことには関わりはないのだが、惣太夫はもともとの発見者であるため、奉行の備後守が命じて、同道させたものである。

だが通事の林甚竹のほうは特別に、十左衛門が備後守に頼んで連れてきてもらった人物であった。

一口に「唐船」といっても、どこの国から来ているものか選別は難しく、甚竹ほどに判別ができる通事は他にはいないらしい。

今も甚竹は十左衛門のすぐ横で、番所の窓から遠眼鏡を突き出して、はるか海上に集まっているくだんの唐船団を眺めていた。

「どうだ、甚竹どの。船の出自《しゅつじ》は判らぬようか？」

十左衛門が訊ねると、甚竹は残念そうに首を横に振った。

「おそらくは、わざと故国が判らぬように、標《しるし》を隠しているのでございましょう。船の形もバラバラで、揃ってはおりませぬゆえ、やはり海賊の類《たぐ》いなのかもしれませぬ。賊ならば船ごと奪い、それを己の船団に加えていきましょうから」

「なるほどの……」

感心して、十左衛門は、甚竹の横顔を眺めていた。

実はこうして小倉へと連れてくるにあたって、十左衛門は長崎の地役人の長官である『長崎代官』の高木作右衛門に、さんざんに反対されたのである。

「唐通事は、あくまでも長崎の役人なのだから、他藩のことに首を突っ込ませないでいただきたい」と、江戸の目付である十左衛門を相手に、高木作右衛門は斟酌《しんしゃく》なく、ひどく怒っていたのだが、「行かせて欲しい」と言い張ったのは、意外にも甚竹本人であった。

「唐船だというのなら、どこから来た船なのか、見定めねばなりません。長崎の仕事なら、他の者でも間に合いましょう。私はやはり小倉に参りとう存じます」

訛《なま》りのないきれいな日本語でそう言って、甚竹はとうとう十左衛門とともに、小倉に来たという訳だった。

　稲葉と本間はといえば、今日は奉行所の出している『関船《せきぶね》』と呼ばれる中型の巡視船に乗り込んで、海上で見張りをしている。

　小倉藩と奉行所とで、それぞれに数隻ずつだが海に出して、威嚇にもならない威嚇を続けている最中であった。

「……えっ！」

　急に隣で息を飲んだのは、林甚竹である。

「どうした？」

「それが……」

　甚竹は顔色を蒼白にして、窓の向こうを指差した。

「なにっ？」

　目を剝《む》いて、十左衛門も息を飲んだ。

　その視線の先、甚竹が指差した海の向こうが、静かに動いている。

　ついさっきまでは巨大船はもちろんのこと、十隻あまりの中くらいの船も、すべてが海の真ん中に碇《いかり》を下ろして停泊していたというのに、今は揃って少しずつ、船団が西へ西へと動き始めているのである。

船団が向かっているらしいその先には、黒田の領地である福岡や、天領である長崎が続いている。

稲葉や本間、小倉藩らの者たちも、何とか船団の行く手を阻もうと、唐船の前にまわり込もうとしているのだが、船の大きさがまるで違う上に、多勢に無勢で、どうにも抑えようがないらしい。

「これはいかん！」

「妹尾どの？」

犬甘家老に声をかけられた時には、すでに十左衛門は藍島の波止場に向かって、夢中で駆け出していた。

あの唐船の船団をどうやって押し止めればよいものか、有効な手立てなど、何一つとして思い浮かぶ訳ではない。だが船団《あれ》が再びどこかで悪さし始めるのを、いつぞやの遠見番所の番人たちのように黙って見過ごしにはできなかった。

「妹尾さま！」

見れば、その十左衛門《こちら》を左右から囲むようにして、甚竹と惣太夫の二人も同様に走っている。

「唐船を追い払うのでございましょう？　私の『小早舟《こはや》』がございますから、急げば船団《あれ》に追いつけようと思います」

声をかけてきたのは、乙名の藤惣太夫である。

「だがどうなるか判らぬぞ。頼んでよいのか？」

十左衛門が正直に訊ねると、一声先に横手から答えてきたのは、通事の甚竹のほうだった。

「唐船に小舟で近づいていくことなど、私たちにはいつものことでございます。長崎に来る船のなかには、どこの船やら得体の知れないものも多うございますし、怖ろしいのは、こたびばかりではございません」

「いや、まったく、甚さんの言う通りで……」

惣太夫も軽い調子でうなずいてくる。

そんな二人が有難くて、十左衛門は走りながら、つと声を詰まらせた。

「かたじけない。恩に着る……」

「万事、お任せくださりませ」

まるで胸でも叩くように、甚竹が言ってきた。

「私は通事でございますゆえ、船団《あれ》と話をいたしまして、どこからの船なのか、何のつもりで来たものか、必ずや訊き出して見せまする」

並走している甚竹の横顔には、明るい笑みが浮かんでいる。幕府目付と長崎の地役人二人、長崎を案ずる気持ちは合致して、波止場に着いた三人は、惣太夫が自慢の舟に飛び乗った。

惣太夫が「こはや」と呼んだ『小早舟《こはやぶね》』は、戦国の昔より水軍が使用していた小型の戦舟《いくさぶね》である。船体が細く、舳先も尖って、水の抵抗を受けにくいため、早くて小まわりが利き、昔、水軍の間では「戦略さえ工夫をすれば、大きな軍船をも打ち破ることができる」と、頼りにされていた舟であった。

その評判の通り、惣太夫の小早《こはや》舟は、まるで早馬にでも乗っているかのように、ずんずんと唐船の船団に近づいていく。

ベタ凪《なぎ》で、海が漕ぎやすいよう味方をしてくれたせいもあり、屈強な惣太夫は、とうとう小早舟を船団の巨大な唐船のすぐ下まで漕ぎ寄せた。

どこの国の船であろうか。

唐船の甲板にはすでに大勢の男たちが群がっていて、彼らを相手に甚竹も、揺れる舟の上で立ち上がり、何やら必死に話しかけているのだが、向こうにはいっこう聞く耳はないらしい。

てんでんにこちらを指差して叫んだり、明らかな怒号を投げつけたりしていることだけは、言葉の判らぬ十左衛門にも見て取れた。

「甚竹どの、判るか？」

小さく訊いた十左衛門に、甚竹は首を横に振って見せた。

「何国《どこ》の者たちやら、幾つか替えて話してかけてはみたのですが、返ってくるあちらの言葉もいっこうに……」

「さようか……」

と、その時である。

甲板の上のどこからか、火のついた矢が何本か飛んできて、そのうちの一矢が十左衛門の頭上をかすめて、こちらの舟の縁《へり》に刺さった。

「わっ！」

あわてて惣太夫が消そうとしたが、火矢の先には消えないように、たっぷりと油が染み込ませてあるらしく、そう簡単に消火できるものではない。おまけに火矢は次々と飛んできて、容赦なく二本、三本と舟に刺さった。

とうとうボッと、船尾のほうで火の手が上がった。

「ご筆頭！」

聞き慣れた声が聞こえたのはその時で、振り返ると、稲葉や本間を乗せた関船が、すぐそばまで助けに来てくれていた。

「ご筆頭！　早くこちらへ！」

「うむ」

稲葉にうなずいて見せると、十左衛門は甚竹や惣太夫を促して、海へと飛び込んだ。

とたん後ろで三人の乗っていた小早舟が、メラメラと音を立て始める。

稲葉や本間に助けられ、十左衛門ら三人が関船に上がった時には、惣太夫の小早舟《こはや》は見る影もないほどに炎に包まれていた。

「ああ……」

自分の舟の最期を見送る惣太夫の悲哀の声が聞こえたが、一同を乗せた関船は次々と射かけられてくる火矢を避けて、ベタ凪の海上を滑るように離れていく。

和船の軍用である関船は、小早舟と同様、ツンと尖ったその舳先が水の抵抗を極限に抑えて進むため、高速航行にも適しているのだ。

「いや、稲葉どの。助かったぞ」

びちゃびちゃの着物の袖を絞りながら、十左衛門が礼を言うと、稲葉は首を横に振って、申し訳なさそうな顔をした。

「いえ。こちらのほうこそ、近づけもしない体《てい》たらくでございまして……」

「いや……」

と、目付どうしが話している時だった。

後ろでふっと吹き出す声がして、振り返ると通事の林甚竹が、今度ははっきりと笑っていた。

「妹尾さま。あれは『張りぼて』でございますよ」

「張りぼて？　何のことだ？」

意味が判らず目を丸くした十左衛門に、甚竹はにっこりとうなずいて見せた。

「『大砲』でございます。舳先近くにございましたので、立ったらよう見えました。あれはもう間違いなく、『張りぼて』でございました」

「よし！　なれば、何とか、こちらにも戦機が……」

十左衛門が、そう言いかけた時である。

「おううーっ！」

「おううーっ！」

と、日本側《こちら》の船のあちこちで、まるで戦《いくさ》の鬨《とき》の声のような雄たけびが上がった。

「あっ！」

と、本間が海の向こうを指差した。

「ご筆頭！　稲葉さま！　あれを……！」

「おお……」

十左衛門の口からも、感嘆の声が漏れた。

見れば、福岡のほうから三十隻は下らない数の軍船が、見事に隊を組んで、こちらへと進んでくるところであった。

「橘さまーっ！」

まだ若い本間が、黒田の関船の舳先に見える豆粒のような橘斗三郎に向けて、夢中で手を振っている。「いつの日か、ああした組頭になりたい」と、憧れる存在であるに違いなかった。

その豆粒のような義弟を眩《まぶ》しく眺めて、十左衛門は笑った。

「あやつめ、あの黒田さまを、一体どう口説《くど》きおったか……」

「はい。まったく……」

稲葉もそう言って、笑ってくる。

大砲が『張りぼて』の唐船の船団は、早くも黒田の水軍に圧倒されて、じりじりと物欲しそうに日本《こちら》の領海を離れていくのだった。

六

くだんの唐船の船団を追い払った数日後のことである。

十左衛門と稲葉は、橘斗三郎を供として、筑前福岡藩・黒田家の居城、福岡城を訪れていた。

先般、奉行の石谷備後守とともに福岡城を訪ねた際には、「老齢ゆえ、身体の調子が優れぬ」として、藩主の黒田左近衛権少将《さこんえごんしょうしょう》継高《つぐたか》は会ってはくれなかったのだが、今回はしっかり会見してくれて、しかも何やら上機嫌なようである。

江戸城内で幾度かお見かけし、十左衛門《こちら》が廊下に平伏する形でご挨拶だけはしたことがあるのだが、江戸城での「無骨で無口な黒田さま」とは印象がまるで違い、威厳があって怖くはあるが、どこか人好きのする大大名という風情であった。

「左近衛権少将さま。こたびは、まこと、左近衛権少将さまのお力添えをいただきましたからこその、『賊船《ぞくせん》の打ち払い』の成就にございました。まことにもって、有難うござりました」

「おう」

と、六十五歳になるという左近衛権少将は機嫌よく笑顔を見せて、待ってましたとばかりに、我が軍を自慢した。

「我が藩の水軍は、日頃より常に鍛えておるゆえな。いざ、海戦に繰り出せば、おおかたの敵は目にしただけで逃げていくわ」

「はい。まこと、さように……」

心から十左衛門もうなずいた。

あの折に見た、あの黒田海軍の頼もしさといったら、今こうして再び思い浮かべただけでも、心躍《おど》るものがある。

すると、そんな十左衛門の心底を見て取ったか、左近衛権少将は嬉しそうに目を細めた。

「間に合《お》うて、上々であった。したが妹尾よ、そなたが義弟《おとうと》と申す目付方の手の者は、なかなかに『策士』であるな」

「策士、にございますか？」

いきなりの話に十左衛門が目を丸くしていると、それを見て、左近衛権少将は愉快そうな顔になり、十左衛門や稲葉のはるか後ろに控えて座している斗三郎に向けて、大きく声をかけた。

「のう、橘とやら。そなた、あの『大水《おおみず》』を随分と上手《うま》く引き合いに出して、保年を味方に引き入れておったではないか」

「いえ、そのような……」

斗三郎は慌てて、その場で平伏し直している。

「おい、保年」

「ははっ」

藩主の左近衛権少将に「保年」と呼ばれたのは、福岡藩の家老・吉田保年という人物で、その吉田家老も先日ここで会って話した時とは違い、随分と和らいだ表情になっていた。

「玄界島の伐採のことでございますが、皆さま方がいらした際には、まだ報告が上がっておらず、恥ずかしながら、まことに知らずにおりましたので……」

それというのも福岡藩の領内では、つい数ヶ月ほど前に大洪水が広く起こって田畑や民家が流されており、その被害は米の取れ高の損耗でいえば二万八千石以上、流された民家の数も、九十二軒を数える大惨事であったのである。

その事実を、黒田の領内で仔細に調べ上げた斗三郎は、「このような大事があっては、玄界島の番人や島民が、忙しい藩に遠慮をして、伐採の事実を報告しなかったのもうなずける話でございます」と、自分の意見を黒田家や吉田家老に寄せた形で、話を通していったのである。

　その話の判る、いかにも温情に満ちあふれた幕府の目付方組頭に、「実は、私……」と、目付筆頭である妹尾十左衛門の義弟だと名乗られて、左近衛権少将や吉田家老は、一気に斗三郎を信頼し始めたらしい。

　江戸城内における「目付筆頭の妹尾十左衛門久継」は、なかなかに骨があり、平気で老中方にも楯突くが、その一方で、話せば物の道理が判る情にも厚い人物として、江戸城に集まる諸大名の間でも有名なのである。

　その義兄の名の出しようが、どうやら左近衛権少将をして、「策士」と呼ばせたらしかった。

「いや。血の繋がりはないと申すが、なかなかどうして、『さすが目付筆頭の血筋の者』という風であったぞ」

　そう言って、カラカラと笑う左近衛権少将に、十左衛門と斗三郎は兄弟揃って平伏した。

　だが一つ、十左衛門にはどうしても、まだこの場で言わねばならないことがある。

「左近衛権少将さま」

平伏から目を上げると、十左衛門はこう言った。

「こたびの唐船や伐採の一件は、まこと江戸表にとりましては、青天《せいてん》の霹靂《へきれき》にございました。あの異国の大きな船を見るかぎり、こうしたことは、また折々に起こりましょう。それが天領ではなく、どの領土で起きましたとしても、幕府にとっては『明日は我が身』でござりまする。もし何ぞか起きまして、それが他藩や天領でのことでございましょうとも、お気づきになられました際には、どうか直ちにお報せをいただけますよう、伏してお願いを申し上げる所存にござりまする……」

十左衛門はもちろんだが、横の稲葉も、後ろに控えた斗三郎も、畳に額をこすりつけるようにして平伏し、左近衛権少将の答えを待っている。

するとその三人の頭上から、左近衛権少将の低い声が降ってきた。

「相判った。必ず隠さず、ご公儀にもご相談をさせていただこう」

「有難う存じまする……」

これもまた十左衛門にとっては、真実《まこと》よりの礼である。

左近衛権少将の御前、十左衛門ら目付方三人は長く平伏し続けるのだった。

七

十左衛門ら目付方一行の江戸へ向けての出立は、それから幾日も経たない頃のことだった。

俗に「長崎の出入り口」といわれているのは、長崎郊外にある『一瀬橋《いちのせばし》』という小さな石橋である。

その橋の名前に因《ちな》んで、このあたりのことを『一瀬口《いちのせぐち》』と呼ぶらしいのだが、長崎の人々が他所《よそ》へ出ていく者を見送ってやるのも通常は一瀬口までで、十左衛門たちも今、見送られて、一瀬橋を渡ろうとしていた。

とはいえ見送りに出てきているのは、なんとあの長崎代官・高木作右衛門と供の者数人だけである。

惣太夫も甚竹も、出島乙名の今村や玉菊も、そして何より長崎奉行の備後守までが十左衛門ら一行を見送りたいと申し出てきたのだが、そのすべてを嬉しく有難く断って、長崎の街を出てきたのである。

今、夏の終わりで長崎は、一年で一番忙しい時期である。オランダ船も唐船も、正規の商船が次から次へと来訪してくる時期であり、長崎奉行はむろんのこと、唐通事も町の乙名も遊女たちも、皆、町中がとんでもなく忙しいのだから、そちらのほうをどうか優先してくれと、十左衛門も稲葉もそれぞれに断ってまわったのだ。

「ですが、別段、私《わたくし》も、暇な訳ではございませんので……」

仏頂面でそう言ってきたのは、代官の高木である。

乙名だの通事だのといった下役の者たちに、上手《うま》く仕事を手配してきたから見送りに来ることができたのだ。そこのところを、どうぞお忘れにならないでいただきたいと、高木はまあ、おおよそそう言いたいようであった。

「ですが、まさか皆が皆、こうして来ずにおりますとは……」

なぜ代官の自分にだけは見送りを断ってくれなかったのかと、文句を言いたげな高木作右衛門に、十左衛門は笑顔を向けた。

「代官どのとは、まだ幾らも話をしてはおらなんだゆえな」

そう言うと、十左衛門は改めて、高木作右衛門に向き直った。

「代官どのの治世のおかげで、まこと長崎は良き町であった……」

皆が自分の才覚を信じ、自分の町や自分自身を護るため、日々懸命に働いている。

今日日《きょうび》、江戸などでは、何でも他人《ひと》任せにしておいて、上手くいかねば嘆いたり、文句を言ったりする図々《ずうずう》しい輩が多いのだが、十左衛門や稲葉がこの町で出会った者たちは、良くも悪くも自分の度量で生きているから、潔《いさぎよ》く爽やかだった。

「甚竹どのなど、いつもああして何者かも判らぬ船に、突っ込んでいかれるのだからな。通事どのらに信牌の交付が任されているのも、まこと道理というものだ」

甚竹どのには、ことによろしゅうお伝えをして欲しいと頼まれて、高木作右衛門はすっかり苦笑いになっていた。

「『人たらし』とは、このことで……」

もともと気の好い惣太夫ばかりか、あの気難しい林甚竹までをも手懐けるなどと、「この御目付さまは、まことに怖いお方だ」と、作右衛門はそう言いたいのである。

「え？」

だが、小さく言った作右衛門の言葉は、十左衛門には聞こえなかったようである。

「いえ」

と、長崎の町の一番の「頭《かしら》」は、最後は心よりこう言った。

「妹尾さま、稲葉さま、皆さま。どうぞまた何かの折には、長崎《ここ》にいらしてくださいませ」

「うむ。ではな。貴殿も身体をいとうてくれよ」

「ありがとう存じます」

作右衛門が深々と頭を下げていると、その間に十左衛門らは小さな石橋を渡り終えて、橋の向こうの人になった。

互いにもう振り返らない。

十左衛門ら目付方一行は、この長い「遠国御用」を終えて、一路、江戸を目指して歩き始めるのだった。

第五話　騙《かた》り目付

一

もう暑さも終わろうかという晩夏の頃の話である。

十左衛門と稲葉はまだ長崎から戻っておらず、十人のうち二人も欠けた目付部屋は、何だか鬆《す》が入ったような妙な感じになっていた。

とはいえ、むろんそんなことにはお構いなく、目付方には次々とさまざまな案件が持ち込まれてくる。

目付のなかでは新参で、年齢も二十六歳と一番若い桐野仁之丞《きりのじんのじょう》忠周《ただちか》は、『使番《つかいばん》』に関わる案件の報告書を、今、済ませたばかりであった。

今日はこの後、目付部屋で、夕七ツ（午後四時頃）過ぎから始まる定例の合議である。目付は皆それぞれに幾つもの案件を同時期に抱えているのだが、基本こうしておのおの時間の工面をつけて、一日一度、目付部屋に集まり、さまざまな案件の判断を合議で決めるようにしているのだ。

いつもなら合議の司会は筆頭の十左衛門がするのだが、今は長崎に出ていて留守なので、目付のなかでは一番に年長の小原孫九郎長胤《おばらまごくろうながたね》が、筆頭の代役として司会を務めている。

今日の一番の議題は、二十九歳の若手の目付・赤堀小太郎乗顕《あかほりこたろうのりあき》が担当している旗本の行状についてであった。

小石川《こいしかわ》に拝領屋敷を持つ家禄五百石の旗本で、名を「垣内浅右衛門和貴《かきうちあさえもんかずたか》」というのだが、四十になった今まで一度もお役に就いたことがなく、さして名家という訳でもないのに、垣内家の暮らしぶりは、傍目《はため》にも目立つほどに、贅沢《ぜいたく》ざんまいだったのである。

「して、赤堀どの。その贅沢の金の出元《でもと》は判りそうでござるか?」

司会として訊いてきた小原に向かい、赤堀は正直に、首を横に振って見せた。

「まだ手をつけたばかりでございますから、もそっとあちこちから突っついて、金元が顔を出すのを待つつもりでございますが、とにかくもう、垣内が屋敷の者の金の使いぶりは驚くほどにございまして……」

浅右衛門の妻女と娘二人は、日本橋《にほんばし》や室町《むろまち》から大店《おおだな》の呉服問屋を次々に呼びつけて、十両だ、二十両だという高級な反物を買い漁り、十八になる一人息子は、毎夜、友人たちに奢《おご》って飲みまくり、父親である浅《あさ》右衛門は根岸《ねぎし》に買った別宅に、妾《めかけ》を囲っているのである。

「妾、でござるか……」

蜂谷が言ったその声には、いささか羨ましそうな響きがこめられている。

そしてまるで負け惜しみのように、その先を言い足した。

「かように贅沢などしておれば、他人《ひと》の目に立ち、噂にもなろうものを……。いずれ赤堀どのがご活躍で、いかがわしい金元が知れよう。この世の春を謳歌するのも今のうちでござるな」

「はい。さよう、すぐにも垣内の尻尾《しっぽ》を捕まえてまいりまする」

蜂谷の明るさに釣られて、赤堀も軽口を叩いて笑みを浮かべたものである。

だがいみじくも蜂谷の口にした『噂』は、とんでもない方向へ飛び火したのであった。

二

桐野仁之丞に善《よ》からぬ噂が立ち始めたのは、それから程なくのことだった。

目付部屋での合議でも議題に出ていた家禄五百石の旗本・垣内浅右衛門の屋敷に、

「どうやら御目付の桐野さまが足繁く通っているらしい」というものである。

まことしやかに次から次へそうした噂が広まるのは、江戸城の正門ともいえる『大《おお》手門《てもん》』の前に、『下馬所《げばしょ》』と呼ばれる大広場があるからであった。

下馬所というのは字の通り、馬に乗って登城してきた武士たちが、馬を下りる場所である。

「畏れ多くもこの先は、上様のおわします江戸城の内《なか》になるのだから、馬から下りて徒歩で入ってくるように」

ということで「下馬」と札が立てられており、駕籠《のりもの》に乗ることが許されている大名や役高五千石以上の高官の役人、老齢や病で足が不自由な者以外は、すべて自分の足で歩いて入城しなければならなかった。

武家は大名も旗本も御家人も、日常の出勤や何かの式典などで江戸城に登城してくる際には、必ず自分の家臣たちを「お供《とも》」として連れてくる。だが供の家臣のほとんどは、主人である当主が下馬所で馬を下りる際、馬と一緒に下馬所に残される、というのが江戸城の決まりになっていた。

登城してくる武家たちが、それぞれに家臣を大勢連れてきてしまうと、城内が人であふれ返って、邪魔で仕方がないからである。

大手門を入って、さらに幾つか本丸御殿に向かう門を抜け、御殿の玄関や役人たちの通用口である『中之口《なかのくち》』まで供としてついてこれるのは、ごくわずかな人数であった。

家格によって、むろん多少の違いはあるのだが、主人から何か急用を命じられた際に対応する若党が幾人かと、主人の着替えなどを入れた『挟箱《はさみばこ》』という棒つきの塗り箱を抱えた中間《ちゆうげん》や、城内には下駄箱がないため主人の草履《ぞうり》を保管しておく『草履《ぞう》取《り》《とり》』の中間など、必要最小限の人数に絞られる。

必定《ひつじよう》、他の家臣たちは下馬所に残り、主人が仕事を終えて下城してくるまで、何刻も何刻も下馬所で待っていなければならなかった。

立ったまま待っているのも大変だから、『下座敷《げざしき》』と呼ばれる厚手の筵《むしろ》を地べたに敷いて座ったり、長く座っているのも大変だから立ち上がって、そこらをぶらぶら歩きまわったりもすることになる。

たとえば二万石の大名家なら登城の際の供揃《ともぞろ》えは五十人くらい、七、八百石の旗本でも十人くらいは連れてくるから、下馬所は男たちでいっぱいであった。

毎日、大勢の人が集まると判っていれば、その人出を目当てに商売をする者が現れる。蕎麦《そば》や団子、茶などといった屋台がやってきて、下馬所近くの路上などで商売を始めるから、買い喰いしたりしながら家中の者どうしで話をしたり、たまたま知り合った他家の家臣と話したりと、日々、大にぎわいであった。

地方の藩から参勤交代で来ている藩士たちのなかには、江戸市中のよい観光場所を知りたがって訊きまわる者などもいるし、町人身分の中間たちなどのように、岡場所の女郎《じょろう》の値踏みで半日楽しむ輩《やから》もいる。

そして何より下馬所の供侍たちが好むのは、武家社会特有の噂話であった。

「先般、城中ではこんなことがあったらしい」とか、「次の町奉行には、勘定奉行をしておられる淡路守《あわじのかみ》さまが上がられるに違いない」とか、「番町《ばんちょう》の中谷《なかたに》さまのお屋敷では、今ご家督を誰が継ぐかで、ずいぶん揉めているそうだ」などと、興味深い噂話が次々と湧いて出て、いっこう尽きることはない。

こうしたなかに、「御目付の桐野さまが、小石川の垣内浅右衛門の屋敷に通っているらしい」という、くだんの噂話も入っていたという訳だった。

そうして噂は当然のごとく、目付たちの耳にも入ってきていたのである。

三

「いや、むろん、信じた訳ではないのだが、下馬所でだいぶ噂になっておることだけは、やはりお報せいたしたほうがよかろうと存じましてな」

夕刻の定例会議を始めようかという目付部屋のなか、桐野本人を前にして言い出したのは、目付の清川理之進である。

すると桐野も答えて、うなずいた。

「実は私も家臣から、そうした噂があることは聞き知っておりました」

当然のことだが下馬所には、目付たちの家臣も供揃えとして、他家の家臣たちと同様、主人の帰りを待っている。

ところが、こと目付の家臣たちは、他家の幕臣の家臣たちには煙たがられて距離を置かれていて、挨拶だけは、やたらめったらきちんとされるが、それ以上に話しかけてこないのが実情なのである。

理由はむろん「要らぬところで、目付に目をつけられたくないから」で、どうして目付の家臣だと判るかというと、供揃えの者たちが抱えている『挟箱』あたりが原因であった。

挟箱は全面に漆《うるし》が塗られた蓋《ふた》つきの衣装箱なのだが、たいていは側面に金塗りで家紋が描かれており、目付に足を掬《すく》われぬよう警戒している幕臣たちは、目付十人の家紋などはあらかじめ調べてあって、下馬所でも、目付の家臣たちとはなるだけ関わりを持たぬよう注意しているのだ。

だが一方、目付たちのほうからすれば、「幕臣の監察」という仕事柄、下馬所のような場でさまざまに流布《るふ》する噂話や評判などは、幕臣たちの実像を知る上では、やはり一つの足がかりとなる。

それゆえ目付たちのなかには、わざと供揃えとは別の家臣を下馬所のなかに放って情報収集する目付も多く、これは目付同様、さまざまな市井《しせい》の情報を欲しがっている町奉行や諸大名たちも、よくやる手段だったのである。

今の目付十人のなかでは、筆頭の十左衛門をはじめ、稲葉や西根《にしね》、清川に赤堀、桐野あたりが、時折そうして下馬所にも世情の探りを入れている。

対して、小原や蜂谷、荻生《おぎゆう》などは、「下馬所なんぞで流布される興味本位の噂など、わざわざ探る価値はない」と考えているほうで、一人、勘定方の監察のみを引き受けている『勝手掛《かってがかり》』の佐竹《さたけ》は、下馬所から得られる勘定方の情報は少ないため「やってない」というだけであった。

そんな訳で、今、清川が「桐野の噂」について口にしたのも、桐野自身が「私も家臣から知らされておりました」と言ったのも、この伝《でん》なのである。

桐野は重ねて、言い足した。

「噂については、すでに赤堀さまにもお伝えをいたしまして、先の調査《しらべ》につきましても、話をさせていただきました」

「先の調査？」

言葉尻に引っかかってきたのは、西根五十五郎恒貞《いそごろうつねさだ》である。この西根は日頃から何かと辛辣《しんらつ》で、根は存外、人情深いところもあるくせに、わざと皮肉や嫌味を言って愉しむような悪癖もある。もう今年で三十九歳にもなろうというのに、この悪癖を改めるつもりは微塵もないようだった。

「『調査《しらべ》』と申されるのは、どちらでござる？　垣内浅右衛門が調査のことか、はたまた貴殿が噂の是非にござるか？」

はっきりと訊いてきた西根に、桐野も真っ直ぐに向き直った。

「私がほうの調査にござりまする。私は、断じて垣内が屋敷など訪ねたことはござりませぬが、目付としては、やはりどうでも証《あかし》は立てねばなりませぬので」

その証を「必ずや自ら立ててまいりまする」と、桐野が奮起して宣言したところ、赤堀にきっぱり断られたというのだ。

「『桐野どの。それはご遠慮いただきたい』と、私、そう申させていただきました」

横手から明るく飄々《ひょうひょう》と口を出してきたのは、赤堀小太郎である。

「そうしたことは噂の当人が動いたところで、証立てにはなりませんでしょうし、垣内が案件の調べの一つとして、万事、よしなにお任せくだされと、桐野どのとはそうしたことに相成りました」

目付は公平公正が信条だから、桐野の言い分をすべて信じて庇《かば》ってやる訳にはいかない。だがここで自分が横から話の先を引き取って、桐野を後ろに退かせたほうがいいだろうと考えて、赤堀はこうして口を出したのである。

だが赤堀のそうしたさり気ない庇い方に、一言、言いたい者がいるようだった。

「赤堀どの」

鋭く声をかけてきたのは、荻生朔之助光伴《さくのすけみつとも》である。

「『垣内が屋敷に出入り』とあらば、それが目付であろうがなかろうが、ご担当の赤

堀どのがお調べになるのが当然でござろう。取り立てて申されるほどのことではござ
いますまい」

　荻生は赤堀と同じ二十九歳だが、明朗で周囲の者に優しい性格の赤堀とは正反対に、他人《ひと》にも自分にもきわめて厳しい性質《たち》である。今も、体《てい》よく桐野を庇い立てした赤堀の言動が軽々しく思えて、鼻についたようだった。

「まあ、荻生どのの申される通りでござろうな」

　横手から話を荻生にさらわれた形となった西根五十五郎が、精一杯に嫌味を言おうとしたようだったが、いささか精彩に欠けるようでもある。

　すると、今や十左衛門の代わりに筆頭を務めているつもりの小原孫九郎長胤が、臍《へそ》を曲げて言い出した。

「案件の調査《しらべ》については、まずはこちらに報告を入れてもらわねば困る」

「まことと、さようにございました。桐野どのの御名が出て、つい気が焦り、失念しておりました。申し訳ござりませぬ」

　あわてて赤堀がそう言って謝ると、桐野も「まことに……」とうなずき、二人並んで深々と小原に頭を下げている。

「いや。判っていただければ、それでよろしい」

揃って頭を下げられて、根が単純で裏を読まない小原は、満足したようだった。

「おのおの方」

改めて一同七人を見渡すと、小原は堂々たる口調で場をまとめた。

「なれば、こたびが一件、すべてこのまま赤堀どのに一任いたしてもよろしいな？」

「むろん、よろしゅうございましょう」

小原を立てて急いで返事をして見せたのは、勘定方の案件《もの》のみで、こうした案件《もの》にはあまり口を出さずに遠慮している佐竹甚右衛門康高《じんえもんやすたか》であった。

「拙者も、さように……」

ずっと黙っていた蜂谷新次郎勝重も追随した。日頃、蜂谷は合議の席で黙っている性質ではなく、自分自身まだきちんと考えがまとまらないうちから喋り始めて、途中でぼろを出したりすることも多く、しじゅう西根にからかわれたりしている。

だが今日はどうした訳か、蜂谷はやけにおとなしかったのである。

「いや、しかし、目付の桐野どのを疑うなど、まことにけしからんことだが、こうとなったら一日でも早く、疑いを晴らさねばならぬ。赤堀どの、どうかよろしゅうにお頼みいたしますぞ」

どうやら蜂谷はまるで桐野を疑ってはおらず、悪い噂を立てられている桐野に、ただただ同情していたようであった。

「心得ました。どうぞお任せください」

そう言って軽く笑って胸を叩いて見せた赤堀を、またも離れたところから、荻生が険しい顔でにらんでいる。

「……ふん」

西根も聞こえよがしに、一つ鼻を鳴らすのだった。

四

今回にかぎって赤堀は徒目付ら配下をぜいたくに使わせてもらい、十人もの人数をかけて、小石川の垣内浅右衛門の周辺を懸命に探っていた。

幕臣に「不審な金遣いの派手さ」が見つかり、「どこぞで何か、不正に金儲けをしているのではないか」と見受けられる際に、まず目付方が疑うのは、博打《ばくち》の類《たぐ》いである。

大名家の下屋敷や、大身《たいしん》旗本の抱《かか》え屋敷など、幕府よりの拝領地ではなく武家が自分で金を出した私設の屋敷ではよく起こることなのだが、広い屋敷地の一部、たとえば家臣の中間たちが住む長屋などを、博徒《ばくと》に貸して賭場《とば》を開かせ、その上がりのなかから高い「賃料」を取って儲けるなどということが、ままあるのである。

　赤堀は考えて、配下の小人目付の一人を「商人《あきんど》」に仕立て、垣内家の屋敷のなかに入らせることにした。

　とはいえ、たぶん垣内家にも出入りの商人がいようから、そう簡単に潜り込めるものではない。だが今回に限っては、垣内の妻や娘が贅沢三昧《ぜいたくざんまい》に暮らしていることが、狙い目となった。

　赤堀は、日本橋にある一級の呉服屋に頼んで、その呉服屋の見習いの手代として、配下の小人目付を潜入させたのである。

「垣内さまのお噂は、かねがねお伺いいたしておりました。日本橋の界隈では、小石川のお屋敷に一度はご挨拶に伺わねばと、それはもう大変なご評判でございますので」

　と、呉服屋を垣内の屋敷に押しかけさせたのである。

　懸案の垣内家は「高禄」とはとてもいえない五百石の旗本だが、それでも拝領している屋敷地はそこそこの広さがあり、実に四百坪あまりの敷地を拝領している。

　その四百坪のうち、家族が住まう母屋の坪数などは半分にも満たない百五十坪ほどで、道沿いの屋敷の塀に設《しつら》えられた家臣の若党や中間たち用の長屋の坪数を差し引いても、残りがまだ二百坪近くもあった。

垣内家ではこの余りの二百坪に、庭木を植えたり、池を作ったり、小洒落《こじゃれ》て築山《つきやま》まで盛ったりしていたが、家臣の長屋塀と続くような形で、外向きの窓がいっさいない物置めいた建物を作ってある。

その「物置」がやけに立派な造りになっており、広くて二階建てになっていた。

赤堀たちは、この窓のない建物が、「博打の賭場として使われているのではないか」と疑ったのである。

だが昼夜交替して厳重に見張りを続けても、賭場の元締《もとじめ》となりそうな不逞《ふてい》な輩の出入りもなければ、客らしき男たちもいっこうに集まってはこない。

おまけに当主・垣内浅右衛門が、生まれてこの方ただの一度も御役に就いたことがないだけあって、垣内家には親しく付き合う他家もないらしい。これまで十日間見張ったなかに、三度だけ武家らしき者の出入りがあって徒目付に尾行《つ》けさせてみたが、三度すべて親戚であった。

垣内の屋敷に足繁く出入りしているのは、相も変わらず、贅沢品を売りつけにやってくる商人たちばかりである。

「どうやら博徒に場を貸してはおらぬようなので、高利の金貸しでもしているものかと、そちらのほうも気をつけて人の出入りを見ておりましたのですが……」

配下の一人がそう言って、目付部屋にいた赤堀のもとへ報告に来たのは、厳重な見張りをつけてから十日ほどが経った頃のことである。

「やはりな…」

がっかりしたのを隠さずに、赤堀もため息をついている。

他の案件も抱えているから毎日のように見張りに立てる訳ではないが、赤堀も何とか時間を作っては垣内家の見張りに立っていて、賭場にも金貸しにも関わりがなさそうなのは、すでに薄々判ってはいたのである。

「どうもあまり、はかばかしくはないようでござるな」

横手から声をかけてきたのは、小原孫九郎である。

小原は近頃やたらと目付部屋にいるのだが、おそらくは筆頭の代理として「他の皆の中枢にならん」と考えているようだった。今も赤堀のもとに徒目付が報告に来たのを、するどく眺めていたらしい。

「……はい」

と、赤堀は小原のほうに向き直った。

「もう十日、見張りをつけてみたのでございますが、賭場の線も、金貸しの線も、どうやらないようにございまして」

「さようか……」

小原も残念そうにうなずいたが、つと思い出したか、わずかに声を落として訊いてきた。

「して、桐野どのが証のほうは、立ちそうでござるか？」

「いえ、それが……」

正直に、赤堀は首を横に振った。

「この十日、桐野どのが垣内の屋敷にお近づきにならなんだのは確かなことでございますが、それが即、桐野どのの証になる訳ではございませんので」

「さようさな……」

赤堀自身は「有り得ぬこと」と考えているが、万が一、たとえば桐野が本当に垣内家と何か関わりがあったとしても、今や赤堀に調べられているのも知っていて、むざむざ懸案の屋敷に顔を出すような馬鹿な真似はしないに決まっている。

「実は心苦しいながらも、桐野どののご身辺について、別に探らせてはおるのですが、今のところ全くもって垣内とはお関わりはございませんようで」

「さようでござるか。なれば、とりあえずは上々でござるな」

とたん明るい表情になった小原に釣られて、「はい」と、赤堀も笑みを返したものである。

だが目付部屋には、桐野に重ねてもう一人、噂の主が出ることとなったのだった。

五

下馬所にて別の目付の不名誉な噂が立ち始めたのは、いまだ桐野の噂も下火《したび》にならないうちだった。

槍玉に上がっていたのは、勘定方の監察をたった一人で担っている『勝手掛』の佐竹甚右衛門である。下馬所のあちらこちらで、ひそひそと興味本位に語られていたのは、『賄方《まかないかた》』と佐竹のよろしからざる関係についてであった。

城中の台所で使う食材の仕入れを担当しているのが『賄方』なのだが、そのうちの青物《あおもの》（野菜）の仕入れに不正があり、賄方の誰ぞが八百屋から賄賂をもらい、質の悪い青物を高値で購入しているらしい、との噂が、まことしやかにささやかれていたのである。

そうして困ったことには、その賄方の誰かと八百屋の不正を、勝手掛の佐竹も心得ていて、佐竹自身も賄賂《わいろ》をもらい、見逃しているというものであった。

「えっ？　なれば拙者が賄方より『賄賂《まいない》』を受けて、青物の仕入れの不正に目をつぶっていると？」

「はい……。佐竹さまに疑いをかけるなど、まことにもって、けしからん話ではございますのですが……」

目付部屋のなかに、またも下馬所の噂話を持ち込んだのは、清川であった。

一方、佐竹はいつもなら合議の席ではあまり喋らず、差し出がましく嘴《くちばし》をはさんだりなどしないようにしているのだが、今日ばかりはそういう訳にはいかないようだった。

「さように下馬所で噂になっておるとは、何ゆえであろうか……」

つぶやくようにそう言うと、佐竹は思いついて、他の目付たちを見まわして、ぐっと身を乗り出した。

「ご一同のなかに、他にも噂《これ》を耳になされたお方はおられまするか？」

必死の顔で佐竹が訊くと、普段から下馬所に家臣を放している赤堀や桐野が、それぞれにうなずいた。

「佐竹さま」

と、声をかけてきたのは、桐野仁之丞である。

「けだし、私の時とは違い、『賄方の何某《なにがし》』などと詳しく話が出ている訳ではございませぬし、いかにも噂好きな者らがこしらえたような、ごくいい加減なものにございますので」

庇うように桐野が言うと、すかさず西根五十五郎が横手から斬り込んだ。

「台所の賄いの味噌汁が不味《まず》くなったと、評判でございますな」

「え？」

と、佐竹は青くなった。

「ではそれも、『汁の実の青物の質が落ちた』せいだとでも？」

「まあ、さようにございましょう」

さっぱりとした顔で西根が答えて、今日はなかなか皮肉の切れも冴えているようである。

すると横手から、荻生朔之助が言い出した。

「失礼ながら、私が調査《しらべ》をさせていただきまする。それでよろしゅうございましょうか、小原さま」

「うむ。なれば、そうしてくれ」

いささか事後承諾な風ではあるが、小原は一応、筆頭として立てられて満足のようだった。

こうして桐野の一件に加えて、佐竹の一件の調査も始まることとなったのである。

賄方は、役高・二百俵の『賄頭《がしら》』三名を長官に、役高・七十俵五人扶持の『賄組《くみ》頭《がしら》』が七名と、役高・二十俵二人扶持の平《ひら》の『賄方』と呼ばれる下役が百二十名もいる。

だがその人数すべてが、食材の仕入れに関わっている訳ではない。賄方では食材だけにとどまらず、城内で使う食膳や椀、皿や鉢の類い、湯道具や活花《いけばな》などまで仕入れている上、購入後の諸方への分配や保管の作業も行っているのだ。

荻生が配下に命じて調べさせたところ、賄方のなかで青物の仕入れを担当している平の賄方下役は二十五名。交替で数名ずつ休みを取りながら、担当をまわしているようだった。

その全員を調査する一方で、荻生が目をつけたのが、定員五名の『賄調役《しらべやく》』と、定員十名の『賄吟味役《ぎんみやく》』、あとは七名いる『賄組頭』の三役である。

平の賄方の役人が、たとえば大根を仕入れてくると、まずは賄調役らが買い付けてきた大根の数が帳面と合っているかどうか、山積みの大根を数えて確かめていき、それが終わると今度は賄吟味役がやってきて、大根の質の良し悪しを吟味する。

さらにその後、再度、賄組頭が精査して、質の一等良いものは上様《うえさま》や御世継様《およつぎさま》、御《み》台所様《だいどころさま》の召し上がり物に、それより下は順番に、諸大名あて、城勤めの役人あてという風に、選《よ》り分けて配っていくのだ。

つまりこの三役は、品物が仕入れられてきた際に、その品にじっくりと関わらねばならなかったり、文字通り、質の吟味をしなければいけなかったりする者たちで、もし仕入れた品があまりにも悪ければ、その時点で問題視して、その八百屋からは二度と購入しないよう指導するべき立場なのである。

なのに、そうした上役たちが質の悪い青物を見て見ぬふりで通してしまっているとなれば、これは必ずその上役たちも、八百屋から賄賂をもらっているに違いない。

誰が、どう、仕入れのどの段階で御用達の八百屋とつるみ、そこで得た賄賂の余剰を他の者への口止めに払っているか判らないから、上役の者たちだけではなく、平の下役の者一人一人も探っていかなければならない。

平の下役が二十五名、組頭が七名に、調役の五名と吟味役の十名を合わせると、実に調査の対象者が四十七名もいて、大捜査となるのは必定であった。

「手分けして根気よく当たっていけば、必ずや見つかるはずだ。そも向こうは、たったの四十七名だ。皆、心して頼むぞ！」

「ははっ」

賄方を探らんとする荻生の配下も、赤堀の配下と同様の、ちょうど十人である。

荻生の命《めい》にいっせいに返事して、十人はあちらへこちらへと散らばっていくのだった。

六

その荻生の大捜査にも、赤堀のほうの探索にも、いまだ「これ」といった手がかりがつかめぬままに、じりじりと日は過ぎていった。

小石川の垣内家の周辺には何ら贅沢の金の出元は見つからず、日頃は鷹揚な赤堀もさすがに焦り始めていたが、元来が生真面目で性格に緩みのない荻生のほうは、「焦り始める」などという生易しいものではなく、すでに顔つきも物言いもすっかり殺気立っている。

そんな荻生の苛立ちに止《とど》めでも刺すかのように、何と今度は荻生自身の『噂』が下馬所に流れ始めたのである。

深川《ふかがわ》の永代寺《えいたいじ》の門前は、参詣の人出を狙って水茶屋や料理茶屋が建ち並び、しごく賑やかな町場であったが、通りを一つ裏手にまわれば幕府禁制の私娼を抱える遊女屋も多く並んでいて、「岡場所」と呼ぶにふさわしい場所になっている。

この深川の岡場所に「このところ御目付の荻生さまが通われていて、遊里《さと》の女たちに随分な惚れられようであるらしい」というのが、その噂であった。

二十九歳の荻生朔之助光伴は、噂の通り、きわめて端整な顔立ちの男である。

それというのも荻生は目付の職に就く前、上様の側近である『小納戸《こなんど》』役を務めていたほどで、小納戸や小姓といった側近は、上様の御前で見苦しさや粗相のないよう、見目《みめ》がよく、真面目で、頭の回転の速い、いわゆる「出来のよい者」が選ばれて、なるのである。

荻生はいささか真面目すぎ、人としてあまりに遊びがなさすぎる嫌いがあるのだが、頭の出来も、顔の出来も、すこぶる良いには違いなかった。

「いや、噂によれば『水も滴《したた》るいい男』と、大評判だそうにござってな」

ある夕方の目付部屋、いかにも愉しげに荻生をからかい始めたのは、西根五十五郎であった。

「深川の女どもが騒いで言うに、その『御目付の荻生さま』は猿若町《さるわかちょう》の役者がごとくに見目麗《うるわ》しく、色白く、立ち居振る舞いは、かの　源　義経《みなもとのよしつね》の再来かと見紛《みまご》うほどに凜々《りり》しくて、気品に満ちておるそうでな。『噂を集めて聞けば聞くほど、荻生さまのご尊顔が目に浮かんでしまいました』と、我が家臣らは口々に申しておりましたな」

「…………！」

下馬所に家臣を放《はな》っていない荻生は、本当に初耳だったらしく、怒り心頭、こめかみに青筋が立って、顔立ちが良い分、鬼神のような形相になっている。

これはいけないと見て取った桐野仁之丞は、横手から慌てて口を出した。

「ですが今、荻生さまはお調《しら》査《べ》のほうでお忙しく、とてものこと深川などには……」

「その仕事の憂さを晴らさんとして、寸暇を惜しんで通うのが、岡場所というものであろうよ」

重ねて言って、にやりとした西根に、とうとう荻生の堪忍《かんにん》袋《ぶくろ》の緒が切れた。

「なにっ？」

もうすでに目付方における先輩・後輩の別もなくなって、荻生は今にも西根につかみかかりそうな勢いである。

「荻生どの！　そなた、年功の序列をお忘れかっ？」

そう言ったのは、なんと西根ではなく、小原孫九郎である。

「まあまあ……。いま少し、気を落ち着けて話しましょうぞ」

蜂谷新次郎が間を割って、懸命に皆を和《なご》ませようと試みる。

「そも、荻生どのが噂も、桐野どのや佐竹どのが噂についても、いかにもあろうはずのない取るに足らないものではござらぬか。もそっとこう、皆で常のごとくに、冷静に話をいたせば……」

「ふっ」

その蜂谷を鼻で嗤《わら》った形になったのは、やはりまた西根であった。

「蜂谷どの。ご貴殿、『他人《ひと》のこと』どころではございますまい」

「…………？」

何のことやら意味が判らない蜂谷が、さすがに眉を寄せた時だった。

「……あの、蜂谷さま」

と、後ろから清川が、蜂谷に半ば耳打ちするように声をかけてきた。

「実はその、『蜂谷さまのお噂』も出ているのでございまして……」

「えっ、拙者がか？　して、何だ？　一体、何の噂でござる？」

青天《せいてん》の霹靂《へきれき》、蜂谷はもう、喰いつくようにして訊いてくる。

だが最近、とみに蜂谷の人柄を好きになってきた清川は、本人を前にして言いづらいようだった。

「いや、それが……」

清川が躊躇《ちゆうちよ》していると、すかさず元の会話の主だった西根五十五郎が、自分のほうに蜂谷を向かせんと、こう言った。

「『日本橋のあの人出の大通りを馬で走って、町人たちに難儀をかけた』という、あれでござるよ」

「いや！　拙者、日本橋になど行ってはおらぬ！」

蜂谷は断固、否定した。

人の出の多い街中を、もし馬で駆け抜けたりなんぞしようものなら、避けきれなかった通行人を蹴り飛ばしたり、下に巻き込んでしまったりして、危険なこと、この上もない。

そも幕臣が、それも「武士の鑑《かがみ》」とならねばいけない目付の職にある者が、町場の者らを危険な目に遭わせたというだけでも、大変な醜行《しゆうこう》であった。

「拙者、断じて、さようなことは……」

とんでもない不名誉に蜂谷はわなわなとして、それ以上は何も言えずに唇を噛んで黙り込んだ。

「蜂谷さま」

なだめるように顔を寄せて言ったのは、清川理之進である。

「むろん蜂谷さまに限って、さようなことはなさらぬと、重々存じ上げておりまする。御身《おんみ》の証は、今日これからでも私が日本橋に参りまして、必ずやしっかと立ててまいりますゆえ、どうか蜂谷さま、ご安心のほどを……」

「いや。清川どのにお任せする訳にはまいりますまい」

と、すぐに西根が言い立てた。

「目付は『公平公正』が信条でござる。今の清川どのに、その公平は望めますまい」

「うむ。さようさな……」

小原が筆頭代理として、口をはさんだ。

「蜂谷どのの調査《しらべ》は、誰ぞ別の御仁にお頼みしたほうがよろしかろう。したが、どなたに……」

キョロキョロと皆を見まわし始めた小原に向かい、名乗り出たのは赤堀であった。

「あの、小原さま。よろしければ、私にお任せのほどを……」

　これでもし西根あたりが担当することになったら、とんでもない揉め事になるであろうと、赤堀は焦ったのである。

　だがそんな赤堀の言動が、やはり荻生の癇《かん》に障ったようだった。

「赤堀どの！　貴殿、この上にまだご担当を増やされるおつもりか？」

　端整な顔を腹立ちで歪めて、荻生はとうとう日頃の赤堀への批判を、直接にぶつけてしまった。

「そも貴殿は何ゆえに、そうしていつも見境なく調子の良きことばかりを申されるのだ？　今、我らはおのおの抱えた案件の調べが進まず、四苦八苦の最中《さなか》ではないか。この上どこに『他を調べる余裕がある』と申される？」

「それは……」

　痛いところを突かれて、一瞬、赤堀は口ごもったが、やはりさすがに腹が立ったか、穏やかな赤堀にしてはめずらしく、鋭く荻生に反論した。

「したが、ご貴殿がように、常に難しい顔をして『目付でござる』と構えていては、調べの際も、聞ける本音が聞けてはおらぬのではござりませぬか？　無駄に威張って怖がらせたところで、得は一つもございますまい」

「赤堀さま！」

慌てて桐野が横手から止めにかかったが、すでに遅しという風である。荻生は怒りで顔を真っ赤にして、座っていた座蓙《ざござ》から立ち上がると、そのままやけに静かに赤堀に向けて近づいていった。

「小原さま！」

すがるように声をあげたのは、桐野である。今にも目付どうし、つかみ合いか斬り合いでもしかねない状況に、桐野は新参の身ながら、もう黙ってはいられなかった。

「小原さま。どうか、もう、これ以上は……！」

「うむ。相判った！」

小原はすっくと立ち上がると、手をかざして荻生を止めて、言い放った。

「本日は、これにて終《しま》いといたすゆえ、さよう心得ていただきたい」

「ですが……！」

喰いかかってきた荻生に、小原はさすが齢《よわい》四十七の貫禄を見せつけてこう言った。

「皆まずは、今お受け持ちの案件を何より先に相済ませていただこう。しかして、順次、手の空いた御仁から、こたびのあれやこれやの一件に取り掛かっていただくつもりでござるゆえ」

「…………」

荻生もこれ以上は逆らえなくなったか、ぷいと赤堀から目をそらせて、反論もつかみ合いもあきらめたようである。

そうして皆で心中《しんちゅう》にもやもやと、かなりのわだかまりを残したまま、その日の合議はお開きとなったのだった。

七

その晩のことである。

目付方のなかの最高齢と最若年の珍妙な二人連れ、小原孫九郎と桐野仁之丞の姿が、江戸城の膝元といえる西ノ丸下の大名屋敷の一つにあった。

若年寄方の筆頭・小出信濃守英持の屋敷である。

実はあの合議の後、桐野は小原に相談を持ち込んで、

「こうして目付が次々と、あらぬ噂を立てられる事態について、すべての解決を図るより先に、やはり一言、小出信濃守さまにご報告を申し上げたほうがよろしいのではございませんでしょうか？」

と、進言したのである。

進言されて、小原もすぐに承知した。

もとより小原孫九郎という男は、器の小さい人物ではない。

たとえば二つ年下の十左衛門が自分より上に立ち、筆頭として堂々たる口調や物腰で、自分以下、他の目付たちを従えていることに関しても、腹が立つとか、蹴落としてやろうとか、そういった負の感情はいっさい抱かないのである。

それよりは、自分が目付の一人として選ばれて目付部屋にいるということが誇らしく、十左衛門がいない今、やはり年嵩《としかさ》の自分が筆頭の代理として皆をまとめていかねばならぬという自負が、ただただ強くあるだけなのだ。

ゆえに、この信濃守への報告に桐野が同行したがった時にも、一刀両断には断りはしなかった。そうして桐野の目付部屋への思いの丈《たけ》を聞き知ると、「なれば、是非、ともに参ろう」と、快くそう言ってくれたのである。

その「思いの丈」というのを、今、桐野は小原とともに通された小出屋敷の奥座敷で、信濃守に向かい、懸命に話している最中であった。

「なれば、そなたは、目付の誰一人として、噂のようなことはないと申すのだな？」

「はい」

信濃守に真っ直ぐに見据えられたが、桐野はしっかり目を合わせてうなずいた。

「あの生真面目な荻生さまが悪所通いをなさるはずはございませぬし、『勝手掛』として、他の誰にもできぬゆえと日々強く自負を持たれておいでの佐竹さまが、何もむざむざ目付を辞めねばならぬような甘言に乗られる訳はございません。蜂谷さまとて、ご同様にございます。武道全般、馬術もきわめておられる蜂谷さまが、ああしたことをなさるはずはございませぬ。必ずや、我が目付方で、すべて証を立てる所存にござりまする」

思う存分に言い終えて、桐野は改めて信濃守に平伏した。

信濃守はいつになく、右を脇息《きょうそく》にもたれかかって座している。だがその身体を、やおら真っ直ぐに押し立てて、桐野のほうに乗り出してきた。

「して、桐野。そなた自身も、身の証は立てられると申すのだな？」

「はい」

桐野が平伏したまま答えると、横手から小原孫九郎が口添えをした。

「この桐野の申すよう、必ずや『目付には非はない』ということの証を立てて見せまするゆえ、どうかご安心のほどを……」

「うむ」

信濃守はうなずいてくれたが、つとすぐに考えるような顔つきになった。

「小原」

「はっ」

今度は小原が平伏する。

「したが、一体、誰が誰の証を立てる？　先般の話の様子では、桐野がように皆を全体、信じきっておる者は、他にはおらぬであろう？」

実は今日ここを訪ねるにあたり、包み隠さず、小原と桐野は二人意見が一致して、「押しかけてお訪ねをいたすのだから、今の目付部屋の状態を、すべてお話しいたそう。その上で、必ずや証を立てると、お約束せねばならぬ」と心を決めてきたのである。

ゆえに信濃守はすべてを知っていて、案じてくれているのである。

「今の仲違《なかたが》いの具合では『皆の証を立てる』とて、そなたらが申すようにはいかぬであろう。どうするつもりだ？」

「いえ。今は互いを信じきれておらぬからこそ、証を立てるには良いのではございませんかと……」

小原は顔を上げると、代理ながらも筆頭らしくこう言った。

「そも目付は、私心を持たぬのが信条にござりまする。たとえ目付の仲間うちのこととて、端《はな》から信じてその上で『証を立てん』といたせば、万が一にも、目が曇るやもしれませぬ。ゆえに、こたびは、ここにおります桐野にだけは、誰の調査《しらべ》もさせまいと思うておりました」

「さようか……」

信濃守はまたも何かを考えるような顔つきになったが、つと目を上げて「おい。桐野」と、声をかけた。

「そなたはどうだ？　他の目付の証を立てるに『信じる』というのは邪魔になるか？」

「私は、そうは思いませぬ」

桐野は断言して、先を続けた。

「むろん小原さまのお考えに従って、私がやらぬほうがよろしいようなら、ご遠慮いたす所存にござりまする。しかして『目付は私心なく』と申したところで、人間《ひと》として、やはりいっさいの私心ないまま相暮らすのは無理というものでございましょう。さすれば目付の目指すところは、私心を持った人間のまま、それでも尚いっさいを公平公正に扱わんとする心の強さを持つことと、かねてより、そう思うておりました」

「……相判《あいわか》った」

信濃守はそう言うと、筆頭代理の小原に向けて、やおら命じた。

「明晩ここに、目付八人すべて集めてまいれ。何の都合があろうとも、一人も欠けることは相許さぬ。八人、皆で必ず参れ」

「ははっ」

平伏する小原に合わせて、桐野も畳に額をつけた。

そうして二人が帰った直後のことである。

奥座敷の上座で、脇息にもたれて座していた小出信濃守は、急ぎ駆け寄ってきた家中の小姓二人に左右から支えられ、ようやくに立ち上がって歩き出した。

今、信濃守は六十二歳。

先代の藩主で、幕閣でも若年寄の地位まで登りつめていた父・英貞《ふささだ》の死去にあたり、三十九歳の時に丹波園部藩《たんばそのべはん》二万七千石を継ぐこととなった。

家督を継いで二年目、四十一歳の冬に、父の英貞から受け継いだ英邁さを買われて、寺社奉行をも兼ねた奏者番として、破格の御取り立てを受けた。

そしてまた二年後の四十三歳の夏には、見事、父親と同様の若年寄まで、その地位を上げたのである。

その四十三の夏から六十二になる今日まで、小出信濃守英持は実に十九年もの長きに渡り、ただひたすらに若年寄の職を相務めてきた。

若年寄方は、目付方の上役であることからも判る通り、そもそもは旗本・御家人といった幕臣全体を統括して、管理監督するのが役目である。

だが城内における最高官僚の執務室である『御用部屋』で、老中方と隣り合わせで日々執務を行う関係上、若年寄方はどうしても「忙しい老中方の補佐」としての役割も兼任せねばならなかった。

老中たちにも休みはないが、若年寄たちにも一年中ただの一日として休みはない。幕臣全体の総監督としての職務に加えて、老中方からまわされてくる膨大な量の幕府政務の処理に追われて、日々、気の休まる暇がない忙しさである。

おまけに本丸御殿から下城して自分の屋敷に戻ってくれば、今度は園部藩藩主としての残務処理が待っていた。

そうやって十九年、小出信濃守は立ち止まることなく、幕府高官・第二位の若年寄として、日々を過ごしてきたのである。

だが今年、まだ年明けを迎えて程なくというあたりからであったが、信濃守は、これまでに感じたことのない身体の疲れに悩むようになった。

「心身」ではない。まぎれもなく、「身体」の疲れである。

城から戻り、「まずは一眠り、午睡《ごすい》をしてから、藩の政務に取りかかろう」と、小姓に敷き延べさせた床《とこ》に入ると、ずんずんと身体が底なしの沼にでもはまるかのように、どこまでも沈んでいく。

そのまま起きる気力も出ずに、夕餉《ゆうげ》も取らず朝まで眠ってしまったり、夕刻、無理に午睡から起き上がっても、満足に政務をこなすこともできなくなって、最近はとうとう朝の登城ができなくなる日が出るようになってしまった。

そんな陰鬱な日々を送っていた矢先の、小原と桐野の訪問である。

小姓の家中二人に左右を支えてもらいながら、ようやく奥の寝間に着いた信濃守は、夜着への着替えに身を委ねながら、小姓たちにこう命じた。

「矢立と紙の支度を頼む。長崎の妹尾十左衛門に至急、文を出さねばならぬ」

「心得ましてございまする」

すぐにも横になりたいほどの身体のだるさに耐えながら、小出信濃守は、十左衛門に向けて文を綴るのだった。

八

「一体、何をいたしておるのだ！」

翌晩の信濃守の奥座敷である。

目付八人、一人とて欠かすことなく集めてきた小原であったが、信濃守の待つ奥座敷に通されて、皆を促して下座に並んで座したとたん、まさしく雷のような信濃守の叱責を受けることとなったのである。

「そなたらは、目付であろう？　目付といえば、武家の鑑《かがみ》ぞ。その『徳川家中の鑑』が、何という体《てい》たらくか！」

「留守を預かります私の、監督不行き届きでござりまする。まことにもって申し訳もござりませぬ」

小原が詫びて平伏するのにピタリと合わせ、他の七人も平伏する。

その見事なまでの息の合いようは、とてものこと、仲違いをしている者らどうしとは見えなかった。

「………………」

信濃守は、静かに目を瞠《みは》っていた。

こんなところにまで、あの「十左」の命が宿っているのである。

やはりこの目付部屋を、ガラガラと崩れ始めたそのままに放っておく訳にはいかない。今日こうして八人を呼びつけたのは、正解であったのだ。

一つ小さく息を吐くと、信濃守は平伏している一同を見渡して話し始めた。

「昨晩、小原と桐野より、すべて話は聞いておる。そこな桐野はきっぱりと、そなたらを、ほんの微塵も疑うことなく信じてきっておるそうだぞ」

「…………！」

平伏したままだから桐野に目を向けられる訳ではないが、昨夜はいなかった六人が、いっせいに桐野のほうに気をやったのは、すぐに判った。

信濃守は、自分の思う方向に無事、場の空気が動き出したのを確認しながら、次の一手を打った。

「のう、小原。ちと顔を上げよ」

「はっ」

命じられた通りに急いで顔を上げた小原に、信濃守は言い出した。

「昨夜の話の続きだが、やはり儂は、目付とて『私心は持って然るべき』と思うておるのさ」

「……信濃守さま……」

目を丸くして見つめてきた小原に、信濃守はうなずいて見せた。

「そも己《おのれ》に私心がなくば、他人《ひと》の持つ『欲』も『情』も判るまい。そうして他人の心が読めねば、目付の職は務まらぬ」

「……はい」

素直に頭《こうべ》を垂れてきた小原に、信濃守は先を続けた。

「だがそれも、そなたら目付一人一人が己の信ずるままに思えばよい。目付は十人、皆それぞれに信ずるところが違うゆえ、合議で決した判断が偏《かたよ》ることなく、信頼するに値するのだ」

「…………」

小原以外の者たちの幾人かが、たまらず顔を上げた。

佐竹に蜂谷、清川に、赤堀と桐野である。

その小原も含めた六人にうなずいてやると、信濃守は少し笑ってこう言った。

「ほれ、十左衛門がいつも申しておることであろう？　十人におのおの曲げられぬ癖があり、小事でつまらぬ口争いをいたしたり、大事で意見が真っ向から割れたとしても、あやつは『目付はそれでいい』と思うておるのだ」

以前、もう幾年も前のことだが、信濃守は十左衛門と二人、こうした目付方の在りようについて、じっくりと話したことがあるそうだった。

十左衛門は筆頭として、とにかく何より気をつけていることがあるという。それは、自分と物の考え方の合う人物ばかりを、目付部屋の仲間として選ばぬようにすることだそうだ。

自分は自分の信条のもとに生きていくしかできないから、どれだけ公平であろうとしても、必ずや、その信条に釣られてしまう。だからこそ、自分とはまるで違う方向から物を見て、自分とは選ぶ言葉が異なるような人物にも、是非にも「お仲間」に加わって欲しいのだという。

そうして少しだけ違っていたり、とてつもなく違っていたりする十人が、侃々諤々《かんかんがくがく》、日々寄り集まって合議に合議を重ねることで、筆頭の十左衛門はようやくに、目付部屋の総意に自信を持つことができるのだそうである。

「そうしてあやつが期待して、選びに選んだ一人一人が『そなたら』だ。どれほどに本気になって揉めようが、いっこう構わぬ。だが目付部屋として、どれだけ合議に多くの時がかかろうが、必ず最後には総意を絞れ」

「ははっ」

声に出して一番に答えたのは、荻生であった。

その幾人か離れた横で、西根もすでに平伏から顔を上げている。

とうとう八人、すべてがこちらに目を上げたことに心底からほっとして、信濃守は脇息に身を預けるのだった。

九

翌日よりの目付部屋は、一変した。

まずは今、誰にどれほどの余裕があり、新規に担当を得て動くには誰が適任であるかを、皆で冷静に仕分けをしたのである。

その上にもう一つ、「噂の出元が誰なのか、何としても探らねばなるまい」と、これは合意で、あっという間に固まった。

意見がまとまってくると、分析もできるようになってくる。

桐野、佐竹、荻生、蜂谷と、四人分の噂のうち、明らかに証を立てることができるのは、誰のどの噂であるか、皆で分析を始めたのである。そのあれやこれやの意見が、今ちょうどまとまりかけているところであった。

「ここはやはり荻生どのの、贋《にせ》の色男を捕らえるべきでござろうな」

めずらしく合議の席で発言しているのは、佐竹甚右衛門である。

するとすぐに赤堀も同意した。

「目付を騙っている者が、唯一『ここに現れる』と判っているのは、深川にございますゆえな。ちと人手はかかりましょうが、あちこちの遊女屋に見張りを出せば、どこぞに『騙り』が現れるやもしれませぬ」

「なれば、いっそ、荻生どのにお出ましをいただいて、店の女郎たちに『これは違う』と確かめてもらってはどうだ？」

そう言ったのは小原である。すると首を横に振り、当人の荻生が言った。

「拙者が先に顔を出して、『あれは騙りだ』ということになれば、深川が騒ぎになってしまいましょう。それでは『騙り』に逃げられまする」

「うむ……。さようさな」

小原は素直にうなずいて、筆頭代理らしく、担当を命じて言った。

「なれば、蜂谷どの。ご貴殿にお頼みをいたそう。深川に手下を配し、何としても目付が『騙り』を見つけてくれ」

「心得ましてござりまする」

荻生の件が決まれば、残るは三人である。

さっそくに清川が言い出した。

「蜂谷さまが一件にございますが、これはもう、捕まる道理がござりませぬ。たとえば事実、蜂谷さまの『騙り』が馬で駆け抜けたことがあったとて、再び出るかは判りませぬし……」

するると佐竹が話を受けて、こう言った。

「なれど実際、さようなことがあったか否か、調べてみたほうがよろしかろうて」

「さようにございますね」

答えたのは、桐野である。

「なにせ日本橋にございますから、大店の幾つかにでも入って訊けば、事実、馬の騒ぎがあったかは容易に判りましょう。もしよろしければ、私が……」

「うむ。なれば、そちらは頼む」

「はい」

こうして蜂谷の件も決まった。

すると、やはり難しいのは、「垣内浅右衛門が屋敷に出入りをした」といわれている桐野の一件と、「賄方の不正を見逃した」といわれている佐竹の一件である。

「自分の担当の調査《しらべ》に、こう申しては何なのですが、この先、垣内の金の出所が判明したといたしましても、桐野どのが屋敷に出入りをしていたか否かは判らぬことと存じまする。さすれば、やはり下馬先を探りまして、誰が噂を立てたかを突き止めるより手がないのではございませんか」

「うむ……」

と、考え込んだ小原と同時に、他の皆も思案を練り始めたようだった。

「……あっ」

小さく声を上げたのは、桐野である。

「普段、我らが世情の調べに放つのは、連れ歩く供揃えとは別の者にござりまする。この『隠密』がごとき者、皆さまは何刻あたりに、下馬所より退かせておられますので……？」

先輩方々を見まわして桐野が訊くと、すぐに赤堀が反応した。

「昼近く、下馬所の者らが腹を空かせて、飯の支度に動き出したあたりが、退き時機《ひどき》と存ずるが……」

「うちが家臣も同様、昼を契機に引き揚げておるそうにござる」

そう言ってきたのは、清川である。

「西根さまは？」

桐野は臆さず、西根のほうに向き直った。

さっきから、唯一、西根五十五郎だけが会話に入ってこないことを、桐野はずっと気にしていたのである。

「ふん」

西根は鼻を鳴らしたが、よくよくと表情を確かめてみれば、まんざら悪い気分ではないようである。

それが証拠に、話に乗って、言い出した。

「昼過ぎて、なお『密偵《いぬ》』を放《はな》っておく者はおるまい。下馬所にて、もし懸命にくだんの噂を広めている者がおり、それが昼刻、こっそりどこぞに帰るのならば、その密偵は我ら目付の敵というものでござろうて」

「はい！」

西根が「我ら」と言ってくれたのが嬉しくて、桐野は上機嫌である。

「なれば、その密偵を尾行《つ》けて正体を探れば、噂の出元に行き着くということか！」

横手から西根の話を取りまとめたのは、小原であった。

「よし！　ようやく先が見えてまいった。下馬所がほうは、西根どの、清川どの、それに桐野どののもよろしゅう頼む」

「ははっ」

桐野は嬉しく返事をするのだった。

十

いつにも増して結束した目付方は、次々とはっきり成果を上げていった。

まずは、蜂谷が噂の「馬の駆け抜け」は、まったくの嘘であった。桐野が日本橋に配下の者を走らせて、大通りの店のあちこちに訊ねたところ、「そんな物騒な話はございません」と、皆が口を揃えたのである。

一方、蜂谷が深川で待ち伏せていた「騙りの荻生」は、なかなかに現れなかった。

だがその間に、下馬所で盛んに目付《こちら》の噂を広めていた敵方の密偵が、次々と露《あらわ》になってきたのである。

これまでのところ、その数は十一人。

まずは下馬所で十一人を焙《あぶ》り出したのは、西根や清川や桐野の家臣たちであった。

目付方配下の徒目付や小人目付たちは城勤めの役人であるから、顔を知られている場合も多い。それゆえ下馬所での探索は、それぞれの家臣たちにすべて任せていたのだが、そのまま彼らに十一人の後をつけさせても、尾行は難しいので、雑踏で見失ったり、下手《へた》をすれば尾行がばれたりするのが関の山である。

それゆえ目付方配下たちは、三家の家臣たちと連係して、下馬所近くで尾行を交代したのだ。

十一人の密偵《いぬ》たちは見事に一人ずつバラバラに、そっと下馬所を離れていったという。

だが下馬所からだいぶ離れて、町場まで出てきてしまうと、十一人は一人、二人と集まって、話などをしながらどこかへと帰っていく。

その者たちが、幕臣の拝領屋敷が集まった小石川町に入っていくのをつけていて、徒目付や小人目付たちは「これは！」と内心、期待したらしい。

赤堀がかねてより苦労をして探索を続けていた垣内浅右衛門の屋敷が、小石川町にあったからである。

だが残念ながら十一人は、垣内の屋敷を素通りして、町内の別の旗本屋敷に入っていったという。

その十一人、すべてを飲み込んだ屋敷の主は、名を「今泉《いまいずみ》靖之助《やすのすけ》」といって、『使番』を長く務めている組頭のような役割の者だったのである。

「今泉靖之助、とな？」

目付部屋のなか、報告に来た西根と清川、桐野の三人を前にして、小原は目を丸くした。

「今泉靖之助というと……、あの今泉か？」

「はい……」

少しく暗い顔になったのは、桐野仁之丞である。

それというのも今を遡《さかのぼ》ること二年前、桐野はその今泉と、どちらが新任の目付に選ばれるか、目付部屋に一つだけ空いた目付職の席を競い合ったのだ。

とはいえ、むろん、新参の目付を選出するのは、筆頭の十左衛門をはじめとした先輩目付九人である。

選ばれた桐野も、選ばれなかった今泉も、それぞれ自分では何の売り込みもできなかったし、内定で自分ら二人の名が上がったことさえ知らなかったが、こうしたことは、やはり自然と耳に入ってくるものである。

目付部屋に入り、先輩目付の幾人かから「実は……」と聞かされた桐野はともかくとして、一方の今泉も、どうやら人事の裏事情をよく知る表坊主あたりから、惜しいところで落選した事実を聞かされていたようだった。

「桐野どの。それは一体、どこの誰から聞いたのだ？」

小原に訊かれて、桐野はいよいよ暗く目を伏せた。

「今泉さま、ご本人でございます。あれは目付になったばかりの、まだ寒い時分でございましたが、御殿の廊下でたまたま行き会った今泉さまに、『目付になれて良かったな』と声をかけられまして……」

「ふっ」

と、笑うような息をしたのは、西根であった。

「そうした物言いではござるまい。まあ、まずは、あの今泉のことなら、『目付になるのに、どれほどの金を使った？　何の縁《よすが》に頼ったのだ？』などと、その程度には嫌味も文句もぶつけるであろうな」

だが今日は、西根の声に棘《とげ》はなかった。今泉に対する桐野の罪悪感を、そっと掬《すく》ってどこかに捨ててくれるような、しんみりと優しい声だったのである。

「西根さま……」

「ふん」

西根は照れ隠しか、いつものように鼻を鳴らした。

「まあ、さようなことは、どうであってもよいことだ。それよりは、何ゆえ二年も経った今になって、今泉が動き出したかということだが」

「実は、それにも心当たりがございますので……」

「…………？」

小原と西根、清川が、いっせいに桐野の顔を見つめてくる。

だが実はそのなかの小原だけは、筆頭代理として、事情を知っているはずだった。

「先日の使番の『火口見《ひぐちみ》』の一件で、おそらくは、皆のご指南役である今泉さまも、上《うえ》つ方《かた》よりご叱責に遭われたのではございませんかと……」

「おう！　あった、あった」

小原もようやく思い出したようだった。

使番というのは字の通り、上様の使いとして、あれやこれやと御用をこなすのが、お役目である。

大昔、まだ戦《いくさ》続きの頃には、将軍の目や耳や口となって、敵方への使者を務めたり、戦法を伝えに味方の部隊に走ったり、将兵たちの手柄の有無を見届けて将軍に進言したりと、危険と隣り合わせの重大な任務を担っていたのである。

だが平和がうち続いている今、使番の主なる仕事は、幕府から出される諸大名への個人的な通達や、問題のありそうな大名家の政治や動静の視察などとなっている。

そうしてもっと日常的な使番の仕事として、『火口見』があったのである。

これは目付もそうなのだが、江戸市中のどこかに火事が起きた場合、使番の『火口見』は、ただちに急行して現場の様子を視察しなければならなかった。

火勢がどれほどのものであるのか、風はどちらから吹いていて、どの方向に燃え広がりそうなのか、幕府直轄の火消し役である『定火消《じょうびけし》』の者たちは、上手《うま》く消火に立ち働けているかなどといった、火災現場におけるさまざまな視察を、目付方と使番方とがそれぞれに行うのだ。

ただし目付と使番の両者が決定的に違うのは、使番が「上様の御目」として現場に来ていることである。

目付はとにかく片っ端からじっくりと視察して、火勢の方向の読み違いや、消火活動などに何らかの問題点があれば、以降の火事の際に活かせるよう、どう改善すべきかを検討するのだが、使番はそれとは少し違っている。

使番の火口見は、火勢や消火活動をある程度まで見届けると、火事を案じておられる上様に状況の報告をするため、急ぎ江戸城へと取って返すのだ。

「ですが、先般、赤坂《あかさか》の夜中の火事でのことでございますが、現場に来ていた使番に、ちと落ち度がございまして……」

桐野は西根や清川に、説明をし始めた。

「佐竹さまと二人、私はちょうど宿直《とのい》でございましたので、城のほうには佐竹さまに残っていただき、私が徒目付《かち》二人を連れまして、赤坂に参りました」

使番方から派遣されて来ていたのは、久保田実太郎《くぼたじつたろう》という三十五歳の者だったという。

だが久保田はもう十年も使番を続けて、火事も見慣れているせいか、火勢や燃え広がりの方向を見定めるのが、いま一ついい加減なのである。

火元はどうやら小体《こてい》な足袋屋《たびや》で、風はそれほど強くはないが、北から南へと吹いていて、おそらくはそこまで燃え広がりはしないと思うが、火の向きの先には大名家の中屋敷が建ち並んでいたのである。

「して、久保田の落ち度とは、一体何だ？」

先を急いで西根が訊ねてくる。

「久保田どのは、あまりに早く城のほうへと戻られてしまったゆえ、風向きが変わり、火勢もどんどんひどくなり、あわや赤坂の町場の何丁もが丸焼けになりそうでございましたのを、とうとう城に報せずに済ませてしまいましたので……」

幸い、定火消の活躍で、赤坂田町《たまち》の五丁目の一画を焼いただけに収まったが、久保田は「城に一度、戻る」と言ったきり、とうとう最後まで現場を確かめには来なかったのだ。

「私も、元は使番でございますから、多少の見誤りのあることは、重々承知でございます。ですが、先般の久保田どのはあまりにひどく、あれでは火口見の役には立ちませぬので……」

桐野は一部始終を報告書として書き留めて、筆頭代理である小原に提出し、それが若年寄方にまわって、当人の久保田ばかりか、使番の指導役を務めている今泉靖之助までが叱責されたという訳だった。

「なれば、その一件が火種となって、二年も前の『積年の恨み』まで晴らそうとした訳でござるな」

清川がそう言ったのに、桐野が「はい……」と目を落とした時だった。

四人が話していた目付部屋に、蜂谷が飛び込んできたのである。

「おのおの方、『騙り目付』を捕らえましたぞ！」

「おう！　さようか。でかした！」

小原が言って、皆もいっせいに駆け寄ると、蜂谷は鼻高々にこう言ったものである。

「荻生どのが『騙り』の色男、何とあの、以前「目付にどうか？」と言われた今泉の家中の者でございました」

「おう、なればこれではっきりと、あの今泉めを捕らえることができようて」

小原の言葉に、桐野や清川、西根までが嬉しそうにうなずいている。

一人、蜂谷は、何となく話の向きが判らなくて、不思議そうに皆の顔を見まわすのだった。


今泉靖之助が捕まって、仕出かしたすべてをがっくりと白状しきったのは、幾日も経たない頃のことである。

やはりまずは桐野への恨みと妬みで、下馬所に嘘の噂を流したそうだったが、桐野の悪評を買うための実に都合のいい材料として、同じ小石川の町内に住む垣内浅右衛門がいたというのである。

今泉は垣内の金の出所を知っていた。垣内は、賭場として屋敷の一部を貸してしまうほどの馬鹿者ではなく、ただ賭場の胴元に資金の貸し付けをしていたのである。

一番最初に胴元に貸した五百両は、昔、金貸しをしていた先々代、現当主・浅右衛門の祖父が、貯めに貯めてしまっておいた金子《きんす》であった。

父の死後、自分が垣内家の当主となった浅右衛門は、「この五百両は、万が一の備えのためのもの。それ以外には使うな」という父親の遺言を反故《ほご》にして、賭場の胴元に貸し付けてしまったのだ。

だが浅右衛門には、商売の勘のようなものが備わっていたのかもしれない。

胴元に資金を貸しては高い利息と元金をもらい、また貸しては、高い利息と元金をもらいを繰り返して、一家揃って贅沢な暮らしを続けていたという訳だった。

蜂谷の馬と同様、佐竹の賄賂の話も、すべて桐野の噂と同様に、まったくの嘘話だったそうである。

荻生役の騙り目付だけは実際にやらせてみたのは、今泉家の家中に色男がいたからで、深川でちょっと騙らせて遊ばせてみたら、いいように女どもが噂を広めてくれたそうで、「あれだけは、ちと面白かった」と、今泉はほくそ笑んでいたそうだった。

こうして目付部屋を大騒ぎさせた「騙り目付」の一件は、無事、解決をみたのである。

十一

十左衛門と稲葉が必死の形相で江戸に帰ってきたのは、すべてが済んで、なお数日が経った後であった。

「いや、まこと、無事に済んでようござった……」

久しぶりに見た目付一同の明るい顔と、久しぶりに嗅いだ目付部屋の匂いとが、十左衛門にとっては懐かしくてたまらず、目を細めている。

信濃守が書き送ってくれた「目付方、大変！」の報せは、大坂の湊《みなと》に届いていたそうだった。

あの後、十左衛門ら一行は長崎街道を小倉へと上り、そこから船で下関、また船を乗り換えて大坂へと着いたところ、大坂町奉行所の下役が大事に文を抱えて、十左衛門らの到着を待ち構えていたのである。

「その後が……。いや実に、稲葉どのと二人、気が揉めてなあ」

「さようで」

稲葉も心底、ほっとしたらしい。

小原と蜂谷、それにいつもは口を出さない佐竹までもが一緒になって、「ご筆頭と稲葉どの」が欠けていた間の目付部屋の騒動について、語って聞かせてくれたのだが、その話の最後、小出信濃守が目付八人を屋敷へ呼んで、有難く叱責してくれた一件を話し始めたとたんに、小原がぼろりと涙を膝に落としたのである。

「……え？　小原どの、いかがなされましたか？」

驚いて、十左衛門が下から顔を覗き込むと、小原はさらに、ぼたりぼたりと大粒の涙を落として、十左衛門の肩をむんずとつかんできた。

「十左衛門どの。年齢《とし》というのは、切のうござるな」

「え？」

目を丸くした十左衛門に、小原は言ったものである。

「信濃守さまがお屋敷を、疾《と》くお訪ねくだされ。おそらくは、貴殿の顔を一目見てから死出の旅路に発ちたいと、そう思われておいでのはず……。『若年寄と目付という別はあっても、二十年が長きに渡り、ともに苦労をしたものだ』と、先日は笑っておいでであった。こちらはよい。疾くお行きなされ」

「…………！」

喉が詰まって、十左衛門はもう、声が出せなくなっていた。

何も言えぬが、今は特別の扱いで皆より先に目付部屋《こ》を出る訳だから、退出の礼はしなければならぬ。仕方なく皆に向かって、ただ黙って頭を下げたら、我慢していたはずの涙が、容赦なくぼたぼたと落ちた。

十左衛門は西ノ丸下の小出家の上屋敷に向かい、夢中で走るのだった。

この二十年、幾十回となく訪ねさせてもらった小出家の上屋敷は、こんな気持ちで眺めるせいか、どこもかしこもやけに静かであった。

これまでは、たいてい客間に通されていたから、奥へ奥へと通っていくのは初めてのことである。

小出家の用人に案内されて、畳敷きの廊下をしばらく行くと、右手に庭が見えてきて、急にさっぱりと明るくなった。

その明るい庭沿いの大座敷に、小出信濃守はいたのである。

優に二十畳はあるであろうか。広い座敷の真ん中にぽつんと夜具が延べられており、信濃守は仰臥《ぎょうが》して、目を瞑《つむ》っていた。

顔は能面のように真っ白で、以前より、ふたまわりほどは小さく見える。

もう夏の初めには時折お休みを取られていたのだから、長崎に出る前に「ご挨拶」

と称して、無理にでもこちらをお訪ねしてしまえばよかったのである。

十左衛門は、さっきから繰り返し繰り返しそればかりを考えていて、今もまだ後悔しながら信濃守の顔を見つめていた。

「……おう、十左。参ったか」

「信濃守さま！」

寝ているかと思ったら不意打ちで声などかけてくるから、わっと涙が込み上げてきて止まらない。

心底から困って、十左衛門は自分の肩に顔を埋めた。

「馬鹿者。まだ、たんと息しておるわ」

「…………」

いかにも「信濃守さま」らしい軽口で、自分はどれだけこの軽口に救われて、これがどれほど好きだったかを、改めて思い知る。

だが情けないことに、十左衛門はこうした時、与野の際にも、結局何も言えなくて、こうして向こうに泣き顔までも見せてしまうのだった。

「おい。何か、言え」

「ははっ」

十左衛門が何か命じられるいつものように平伏すると、信濃守は少し笑ったようだった。

その笑みのやわらかい風情に助けられて、十左衛門は平伏したままだが、ようやくに声を出せた。

「なれば、信濃守さま。長崎の話をいたしましょうか？」

「おう。それがよい。何でも話せ」

「はい……」

十左衛門は返事して、懸命に長崎を思い描いた。

何から話せばいいだろう。あの大きな唐船の「大砲」の一件か、存外に小さく狭く見えたオランダの出島の話か、それとも毛のない珍妙な猪がよいか……。

「おい。早く話さぬか」

「ははっ」

こう見えて、信濃守は二人きりの時には、存外に気が短い。

十左衛門は覚悟を決めて、泣いて汚れているだろう自分の顔を、堂々と信濃守に向けるのだった。

明和《めいわ》四年、十月の十五日。小出信濃守英持は、若年寄首座の形のまま、六十二歳で目を閉じた。

小出家の家督は、嗣子《しし》である二十五歳の『英常《ふさつね》』に、無事、引き継がれた。

十左衛門が信濃守に会えたのは、長崎の話をした、あれが最期であった。

時代小説

二見時代小説文庫

遠国御用《おんごくごよう》　本丸《ほんまる》　目付部屋《めつけべや》4

著者　藤木《ふじき》　桂《かつら》

発行所　株式会社　二見書房
東京都千代田区神田三崎町二－一八－一一
電話　〇三－三五一五－二三一一［営業］
　　　〇三－三五一五－二三一三［編集］
振替　〇〇一七〇－四－二六三九

印刷　株式会社　堀内印刷所
製本　株式会社　村上製本所

落丁・乱丁本はお取り替えいたします。
定価は、カバーに表示してあります。

 ISBN978－4－576－19096－9
https://www.futami.co.jp/

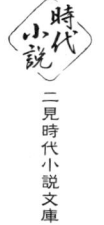

遠国御用 本丸 目付部屋 4

藤木 桂

二見時代小説文庫